El océano al final del camino

El océano al final del camino

Neil Gaiman

Traducción de Mónica Faerna

Rocaeditorial

Título original: *The Ocean at the End of the Lane*

© 2013 by Neil Gaiman

Primera edición: octubre de 2013

© de la traducción: Mónica Faerna
© de esta edición: Roca Editorial de Libros, S. L.
Av. Marquès de l'Argentera 17, pral.
08003 Barcelona
info@rocaeditorial.com
www.rocaeditorial.com

Impreso por RODESA
Villatuerta (Navarra)

ISBN: 978-84-9918-657-3
Depósito legal: B. 20.784-2013
Código IBIC: FA

Para Amanda,
que quería saber

«Recuerdo con claridad mi propia infancia… Sabía
cosas terribles. Pero sabía que no debía permitir
que los adultos supieran que lo sabía.
Los habría asustado.»

Maurice Sendak, conversación con Art Spiegelman,
The New Yorker, 27 de septiembre de 1973.

No era más que un estanque de patos, en la parte de atrás de la granja. No muy grande.

Lettie Hempstock decía que era un océano, pero yo sabía que eso era una tontería. Decía que habían llegado hasta aquí cruzando aquel océano desde su tierra natal.

Su madre decía que Lettie no lo recordaba muy bien, que fue hace mucho tiempo y que, en cualquier caso, su país de origen se había hundido.

La anciana señora Hempstock, la abuela de Lettie, decía que las dos estaban equivocadas, y que lo que se había hundido no era en realidad su país. Decía que ella sí recordaba su verdadera tierra natal.

Decía que su verdadera tierra natal había estallado.

Prólogo

*L*levaba puesto un traje negro, camisa blanca, corbata negra y zapatos negros, bien cepillados y lustrosos: ropas que normalmente me harían sentir incómodo, como si le hubiera robado el uniforme a alguien o fuera disfrazado de adulto. Pero hoy me han proporcionado un cierto consuelo. Llevaba la ropa adecuada para un día difícil.

Aquella mañana había cumplido con mi obligación, había pronunciado las palabras que debía pronunciar, y lo había hecho con sinceridad; después, una vez terminado el funeral, me subí al coche y conduje sin rumbo fijo, sin una idea concreta: tenía una hora libre antes de reunirme con una serie de personas a las que no había visto en muchos años y de seguir estrechando manos y bebiendo té en tazas de la más exquisita porcelana. Conduje por las ondulantes carreteras rurales de Sussex que ya apenas recordaba, hasta que me di cuenta de que me dirigía hacia el centro de la ciudad; entonces giré, al azar, y cogí una desviación, y luego giré a la izquierda y después a la derecha. Hasta ese momento no supe adónde me dirigía, hacia dónde había estado conduciendo todo el tiempo, y mi rostro se contrajo en una mueca de dolor ante mi propia estupidez.

Me dirigía hacia una casa que hacía décadas que no existía.

Pensé en dar la vuelta, mientras avanzaba por una calle ancha que en otro tiempo fue un camino asfaltado a lo largo de un campo de cebada, dar media vuelta y no hurgar en el pasado. Pero sentía curiosidad.

Nuestra antigua casa, donde había vivido siete años, entre los cinco y los doce, había sido derribada y ya no existía. La casa nueva, la que mis padres habían construido al fondo del jardín, entre las azaleas y el círculo de hierba que nosotros llamábamos el círculo de las hadas, había sido vendida treinta años antes.

Aminoré al divisar la casa nueva (para mí siempre sería la casa nueva). Me detuve en el camino de entrada y observé los elementos arquitectónicos que habían añadido a la estructura de mediados de los años setenta. Había olvidado que los ladrillos eran de color chocolate. Los nuevos dueños habían transformado la minúscula terraza de mi madre en una galería de dos pisos. Me quedé mirando la casa, y descubrí que no recordaba aquella época tan bien como imaginaba: no fueron buenos tiempos, tampoco malos. Había vivido allí un largo periodo de mi vida, durante buena parte de mi infancia. Pero me daba la sensación de que ya no tenía nada que ver con aquel niño.

Di marcha atrás y saqué el coche del camino.

Sabía que era hora de volver a la bulliciosa y alegre casa de mi hermana, perfectamente ordenada y arreglada para la ocasión. Allí tendría que charlar con personas cuya existencia había olvidado hacía ya años, y me preguntarían por mi matrimonio (fracasado hace diez años, una relación que se había ido deteriorando poco a poco hasta que, como suele suceder, se rompió), y entonces me preguntarían si salgo con alguien (no; ni siquiera estaba seguro de que pudiera hacerlo, todavía no), y luego preguntarían por mis hijos (ya son mayores, viven su propia vida, les hubiera gustado poder estar hoy aquí), por mi trabajo (bien, gracias, contestaría yo, aunque nunca he sabido explicar a qué me dedico. Si supiera explicarlo no tendría que hacerlo. Me dedico al arte, a veces consigo hacer verdaderas obras de arte, y a veces mi trabajo simplemente me sirve para rellenar los huecos que hay en mi vida. Algunos, no todos). Hablaríamos de los que ya no están; recordaríamos a los muertos.

La modesta carretera de tierra de mi infancia se había transformado en una calzada de negro asfalto que comunicaba dos urbanizaciones en expansión. La seguí, alejándome cada vez más de la ciudad, que no era la dirección que debía tomar, pero me sentía a gusto.

La negra calzada se iba haciendo más estrecha, más ondulada, se iba transformando en la carretera de sentido único que recordaba de mi infancia, una carretera de compacta arena salpicada de baches y piedras que sobresalían de ella como huesos.

Enseguida me encontré avanzando lentamente por un estrecho camino flanqueado de zarzas y escaramujos, que crecían en los huecos que dejaban libres los avellanos y los setos. Tenía la sensación de haber viajado atrás en el tiempo. Aquella carretera estaba exactamente como la recordaba, a diferencia de todo lo demás.

Pasé por delante de la granja de los Caraway. Me recordé con dieciséis años recién cumplidos, besando a Callie Andrews, una niña rubia de mejillas sonrosadas que vivía allí y cuya familia estaba entonces a punto de trasladarse a las islas Shetland, de modo que no volvería a besarla ni a verla nunca más. Por aquella época no se veían más que campos a ambos lados de la carretera, en un radio de casi una milla: una maraña de prados. Poco a poco, la carretera se iba convirtiendo en un simple camino. Estaba llegando al final.

La recordé justo antes de tomar la curva y divisarla, en todo su destartalado esplendor de ladrillo rojo: la granja de las Hempstock.

Me pilló por sorpresa, aunque allí era donde había terminado siempre la carretera. No podría haber ido más allá. Aparqué el coche junto al jardín. No tenía nada en mente. Me pregunté si, después de tantos años, seguiría habitada, o, más concretamente, si las Hempstock seguirían viviendo allí. Parecía algo inverosímil, pero lo cierto era que, por lo que yo recordaba, ellas siempre habían sido más bien inverosímiles.

El hedor del estiércol de vaca me saludó al bajar del coche y atravesé, con cautela, el jardincito en dirección a la puerta principal. Busqué un timbre, en vano, y llamé con los nudillos. La puerta no estaba bien cerrada y se entreabrió al golpearla.

Ya había estado allí mucho tiempo atrás, ¿no? Estaba seguro de que sí. A veces los recuerdos de la infancia quedan cubiertos u oscurecidos por las cosas que sucedieron después, como juguetes olvidados en el fondo del armario de un adulto, pero nunca se borran del todo. Me detuve en mitad del pasillo y dije:

—¿Hola? ¿Hay alguien ahí?

No oí nada. Olía a pan recién horneado, a cera para muebles y a madera vieja. Mis ojos tardaron en acostumbrarse a la oscuridad: los entorné, y estaba a punto de dar media vuelta y marcharme cuando una anciana apareció en el pasillo con un trapo blanco en la mano. Tenía el cabello largo y gris.

—¿Señora Hempstock? —pregunté.

La mujer inclinó la cabeza hacia un lado y me miró.

—Sí. Sé que te conozco, jovencito —contestó. Yo no soy ningún jovencito. Ya no—. Te conozco, pero a mi edad la cabeza anda ya algo confusa. ¿Quién eres, exactamente?

—Creo que debía de tener unos siete años, quizá ocho, la última vez que estuve aquí.

La anciana me sonrió.

—¿Tú no eras amigo de Lettie? ¿El que vivía un poco más arriba?

—Usted me dio leche. Todavía estaba caliente, recién ordeñada. —Entonces me di cuenta de la cantidad de años que habían pasado desde entonces y me corregí—. No, no fue usted, debió de ser su madre la que me dio la leche. Lo siento.

A medida que nos hacemos mayores nos transformamos en nuestros padres; si pudiéramos vivir lo suficiente, veríamos cómo se repiten las mismas caras una y otra vez. Recordaba a la señora Hempstock, la madre de Lettie, como una mujer corpulenta. Aquella anciana era delgada como un palillo, y tenía un aspecto delicado. Se parecía a su madre, a la mujer que yo había conocido como la anciana señora Hempstock.

A veces, cuando me miro en el espejo, veo el rostro

17

de mi padre, no el mío, y recuerdo cómo se sonreía frente al espejo antes de salir. «Tienes buen aspecto —le decía a su reflejo con aire satisfecho—; tienes buen aspecto.»

—¿Has venido a ver a Lettie? —me preguntó la señora Hempstock.

—¿Está aquí?

Aquello me sorprendió. Me parecía recordar que se había ido a alguna parte, ¿no? ¿A Estados Unidos?

La anciana meneó la cabeza.

—Iba a poner agua a hervir. ¿Te apetece un té?

Vacilé un momento. Luego le dije que, si no le importaba, antes prefería que me indicara dónde estaba el estanque de los patos.

—¿El estanque de los patos?

Sabía que Lettie lo llamaba de otra manera, un nombre curioso.

—Ella lo llamaba el mar o algo así.

La anciana dejó el trapo sobre la cómoda.

—El agua del mar no se puede beber, ¿verdad? Demasiada sal. Sería como beberse la sangre de la vida. ¿Recuerdas cómo se llega hasta allí? Ve por el lateral de la casa. No tienes más que seguir el sendero.

Si me lo hubieran preguntado una hora antes, habría dicho que no, que no recordaba el camino. Seguramente ni siquiera habría podido recordar el nombre de Lettie Hempstock. Pero allí, en medio del pasillo, empecé a recordarlo todo. Los recuerdos se asomaban por el borde de las cosas, y me hacían señas. Si me hubieran dicho que volvía a ser un niño de siete años, casi lo habría creído, por un momento.

—Gracias.

Salí. Pasé por delante del corral, por el viejo establo y seguí por el borde del jardín, recordando dónde estaba y lo que venía a continuación, emocionándome al ver que lo sabía. Los avellanos bordeaban el prado. Cogí un puñado de avellanas todavía verdes y me las guardé en el bolsillo.

«A continuación está el estanque —pensé—. En cuanto dé la vuelta a ese cobertizo lo veré.»

Lo vi y me sentí extrañamente orgulloso de mí mismo, como si ese recuerdo hubiera despejado algunas de las telarañas de aquel día.

El estanque era más pequeño de como lo recordaba. Había un cobertizo de madera en el extremo opuesto y, junto al sendero, un viejo y pesado banco de madera y metal. Habían pintado las astilladas tablas de verde hacía unos años. Me senté en el banco, y me quedé mirando el cielo reflejado en el agua, la capa de lentejas de agua en los bordes y la media docena de nenúfares que flotaban en él. De tanto en tanto, arrojaba una avellana al estanque, el estanque al que Lettie Hempstock llamaba...

No era el mar, ¿o sí?

Ahora Lettie Hempstock debía de ser algo mayor que yo. Tenía algunos años más por aquel entonces, pese a su curiosa forma de hablar. Tenía once, y yo... ¿cuántos tenía? Fue después de aquella espantosa fiesta de cumpleaños. De eso estaba seguro. Así que debía de tener siete.

Me pregunté si alguna vez nos habíamos caído al agua. ¿No había tirado yo al estanque de los patos a aquella extraña niña que vivía en la granja que estaba justo al final de la carretera? Recordaba haberla visto dentro del agua. Quizá también ella me había tirado a mí.

¿Adónde se había marchado? ¿A Estados Unidos? No, a Australia. Eso es. A algún lugar muy lejano.

Y no era el mar. Era el océano.

El océano de Lettie Hempstock.

Lo había recordado y, detrás de ese recuerdo, vinieron todos los demás.

Uno

$\mathcal{N}$o vino nadie a la fiesta por mi séptimo cumpleaños.

Había una mesa llena de flanes de gelatina y de chucherías, con un sombrero de fiesta en cada sitio, y una tarta de cumpleaños con siete velas en el centro de la mesa. La tarta tenía un dibujo en forma de libro. Mi madre, que se había encargado de organizar la fiesta, me contó que la pastelera le había dicho que era la primera vez que dibujaba un libro en una tarta de cumpleaños, y que normalmente los niños preferían una nave espacial o un balón de fútbol. Aquel había sido su primer libro.

Cuando resultó evidente que no iba a venir nadie, mi madre encendió las velas de la tarta y yo las apagué. Comí un trozo de tarta, y también comieron mi hermana pequeña y un amigo suyo (ambos asistían a la fiesta en calidad de observadores, no de invitados) antes de salir corriendo, entre risas, al jardín.

Mi madre había preparado varios juegos para la fiesta pero, como allí no había nadie, ni siquiera mi hermana, no pudimos jugar, y yo mismo desenvolví el premio que tenía reservado para el que ganara el juego de la patata caliente, un muñeco azul de Batman. Estaba triste porque nadie había venido a mi fiesta, pero al mismo tiempo me alegraba de poder quedarme con el muñeco de Batman, y además me habían regalado unos libros que estaba deseando leer: la colección completa de los libros de Narnia en edición de lujo, que me llevé al piso de arriba. Me tumbé en la cama y me enfrasqué en las historias.

Me encantaba leer. Me sentía más seguro en compañía de un libro que de otras personas. Mis padres me habían regalado también un disco de *Lo mejor de Gilbert y Sullivan*, de quienes ya tenía otros dos discos. Me encantaban Gilbert y Sullivan desde los tres años, cuando mi tía, la hermana pequeña de mi padre, me llevó a ver *Iolanthe*, una obra de teatro llena de hadas y señores feudales. Me resultaba más fácil comprender la existencia y naturaleza de las hadas que la de los señores feudales. Mi tía falleció poco después, de una neumonía, en el hospital.

Aquella tarde, mi padre volvió del trabajo con una caja de cartón. Dentro había un gatito negro de sexo indeterminado, al que inmediatamente bauticé como *Fluffy*, y al que quise con toda mi alma.

Fluffy dormía conmigo en mi cama. A veces, cuando no estaba delante mi hermana, le hablaba, y casi tenía la esperanza de que me respondiera como si fuera una persona. Nunca lo hizo. Tampoco me importaba. El gatito era muy cariñoso, y prestaba atención, y fue una buena compañía para alguien cuya fiesta de cumpleaños había consistido en una mesa llena de pastas glaseadas, pudin de almendra, una tarta y quince sillas plegables vacías.

No recuerdo haberle preguntado nunca a ninguno de mis compañeros de clase por qué no había venido a mi fiesta. No me hacía falta preguntar. Después de todo, ni siquiera eran mis amigos. Solo eran mis compañeros de clase.

Tardaba en hacer amigos, cuando los hacía.

Tenía mis libros, y ahora tenía también un gatito. Seríamos como Dick Whittington y su gato o, si *Fluffy* resultaba ser especialmente listo, seríamos el hijo del molinero y el Gato con Botas. El gatito dormía sobre mi almohada, e incluso me esperaba a la salida del colegio, sentado en el camino de entrada a mi casa, junto a la valla, hasta que, un mes más tarde, lo atropelló el taxi en el que llegó el hombre que trabajaba en la mina de ópalo y que venía a hospedarse en mi casa.

Yo no estaba allí cuando sucedió.

Aquel día, llegué del colegio y me encontré con que mi gato no me estaba esperando en el lugar acostumbrado. En la cocina había un hombre alto y patilargo con la piel bronceada y una camisa de cuadros. Estaba sentado a la mesa de la cocina tomándose un café, según pude oler. En aquella época solo había café instantáneo, un polvo negro y amargo que venía en un frasco de cristal.

—Me temo que he tenido un pequeño accidente al llegar —me dijo, en tono jovial—. Pero no te preocupes.

Tenía un acento sincopado que no reconocí: era la primera vez que oía hablar a alguien con acento sudafricano.

También tenía una caja de cartón en la mesa, justo delante de él.

—El gatito negro, ¿era tuyo? —me preguntó.

—Se llama *Fluffy* —dije.

—Sí. Lo que te decía: he tenido un accidente al llegar. No te preocupes, ya me he deshecho del cuerpo.

Pero no tienes que agobiarte por nada. Yo me he encargado de todo. Abre la caja.

—¿Qué?

Señaló la caja.

—Ábrela.

El minero era un hombre muy alto. Siempre vestía vaqueros y camisas de cuadros, excepto la última vez que lo vi. Se adornaba con una gruesa cadena de oro blanco alrededor del cuello. Tampoco la llevaba la última vez que le vi.

Yo no quería abrir aquella caja. Quería estar solo. Quería pensar en mi gatito, pero no podía hacerlo si había alguien mirándome. Tenía ganas de llorar. Quería enterrar a mi amigo al fondo del jardín, al otro lado del círculo de las hadas, en la cueva que había detrás del rododendro, junto al montón de hierba cortada, un lugar que solo yo frecuentaba.

La caja se movía.

—Lo he comprado para ti —dijo el hombre—. Siempre pago mis deudas.

Alargué la mano y levanté la tapa, preguntándome si habría sido solo una broma, si mi gatito estaría allí dentro. Pero lo que asomó fue un rostro de color jengibre que me miró con hostilidad.

El minero sacó el gato de la caja. Era un enorme gato macho, con rayas de color jengibre, y le faltaba una oreja. Me miró con expresión furibunda. Por lo visto no le parecía nada bien que lo hubieran metido en una caja. No estaba acostumbrado a las cajas. Alargué la mano para acariciarle la cabeza, con la sensación de que aquel gesto era una falta de lealtad hacia mi difunto gatito, pero el gato se apartó y me soltó un bufido, y a continuación se fue hasta el rincón opuesto de la habitación, donde se sentó y me miró con odio.

24

—Ahí lo tienes. Un gato por otro gato —dijo el minero, y me revolvió el pelo con su encallecida mano.

Entonces salió de la cocina, dejándome a solas con aquel gato que no era mi gato.

El hombre se asomó por la puerta.

—Se llama *Monster* —dijo.

Aquello parecía un mal chiste.

Abrí la puerta de la cocina para que el gato pudiera salir. Después subí a mi habitación, me tumbé en la cama y lloré por mi añorado *Fluffy*. Cuando mis padres llegaron a casa esa tarde, creo recordar que ni siquiera lo mencionaron.

Monster se quedó con nosotros una semana, o quizá algo más. Yo le llenaba su cuenco de comida por la mañana y por la noche, igual que hacía con *Fluffy*. Él se sentaba junto a la puerta de atrás hasta que yo, o cualquier otro, la abría para dejarle salir. Lo veíamos en el jardín, saltando de un arbusto a otro, o en los árboles, o en los matorrales. Podíamos saber por dónde había pasado siguiendo el rastro de los herrerillos y los zorzales muertos que encontrábamos en el jardín, pero raras veces lo veíamos.

Echaba de menos a *Fluffy*. Sabía que no se podía reemplazar a un ser vivo así, sin más, pero no tuve el valor de ir con la queja a mis padres. No habrían entendido mi enfado: después de todo, mi gatito había muerto pero lo habían reemplazado enseguida. El daño había sido subsanado.

Había empezado a recordarlo todo, pero sabía que pronto lo olvidaría de nuevo: todas las cosas que recordé, sentado en el banco verde frente al estanque que, según Lettie Hempstock me hizo creer de niño, era un océano.

Dos

No fui un niño feliz, aunque en ocasiones estaba contento. Vivía en los libros más que en cualquier otra parte.

Nuestra casa era grande y tenía muchas habitaciones, lo que fue fantástico cuando la compramos y mis padres tenían dinero, pero no tanto después.

Una tarde mis padres me llamaron muy serios para que fuera a su habitación. Creí que había hecho algo mal y que me iban a echar la bronca, pero no: solamente me explicaron que no andaban muy bien de dinero, que íbamos a tener que hacer algunos sacrificios y que yo tendría que renunciar a mi dormitorio, una pequeña habitación al final de la escalera. Me quedé hecho polvo: me habían instalado allí un minúsculo lavabo amarillo, hecho a mi medida; la habitación quedaba justo encima de la cocina, y se podía acceder a ella directamente desde la sala donde veíamos la tele, así que por las noches podía oír el agradable murmullo de las voces de los adultos a través de la puerta entreabierta, y así no me sentía tan solo. Además, cuando estaba en mi habitación, a nadie le importaba que dejara la puerta del pasillo entornada para que entrara un poco de luz. La oscuridad me daba miedo, y así podía seguir leyendo a escondidas cuando debería estar ya dormido. La escasa luz que entraba por la puerta entornada me permitía leer cuando yo quería. Y siempre quería leer.

Exiliado en la inmensa habitación de mi hermana pequeña, tampoco estaba tan mal. En la habitación había ya tres camas, y escogí la que estaba junto a la ventana. Me encantaba salir por aquella ventana a la larga terraza de ladrillo, poder dormir con la ventana abierta y sentir en mi cara el viento y la lluvia. Pero mi hermana y yo nos pasábamos la vida discutiendo, por todo. A ella le gustaba dormir con la puerta cerrada, y mi madre decidió zanjar la discusión sobre si debía dejarse abierta o cerrada poniendo en la parte de atrás de la puerta un cuadro con los turnos: una noche la dejaríamos abierta, y a la noche siguiente cerrada, y así sucesivamente.

Empezaron a alquilar la que fue mi habitación, y fue ocupada por distintos huéspedes sucesivamente. Yo los miraba a todos con suspicacia: estaban durmiendo en mi habitación, usando el lavabo amarillo que estaba hecho a mi medida. Por allí pasó una señora australiana muy gorda que nos dijo que podía quitarse la cabeza y caminar por el techo, un estudiante de arquitectura neozelandés, una pareja de americanos a los que mi madre echó escandalizada en cuanto descubrió que no estaban casados; y, ahora, se la habían alquilado al minero.

Era sudafricano, aunque había hecho fortuna extrayendo ópalo en Australia. Nos regaló a mi hermana y a mí sendos ópalos, una piedra negra y rugosa con vetas verdes, azules y rojas. A mi hermana le encantaba su ópalo, así que hizo buenas migas con el minero. Yo no podía perdonarle que hubiera matado a mi gatito.

Era el primer día de las vacaciones de primavera: tres semanas sin colegio. Solía levantarme temprano, entusiasmado con la perspectiva de aquellos interminables días en los que podía dedicarme a lo que me diera la gana. Días para leer. Días para explorar.

Me puse unos pantalones cortos, una camiseta y sandalias. Bajé a la cocina. Mi padre estaba preparando el desayuno, mientras mi madre seguía durmiendo en la cama. Papá llevaba la bata puesta sobre el pijama. Era él quien preparaba el desayuno los sábados. Le pregunté:

—¡Papá! ¿Dónde está mi cómic?

Todos los viernes me compraba un nuevo número de *SMASH!* al salir del trabajo, para que yo pudiera leerlo el sábado por la mañana.

—En el coche, en el asiento de atrás. ¿Quieres tostadas?

—Sí —respondí—. Pero que no estén quemadas.

A mi padre no le gustaban las tostadoras. Hacía las tostadas en el grill, y casi siempre se le quemaban.

Salí para ir a por mi cómic. Miré a mi alrededor. Volví a entrar en casa, empujé la puerta de la cocina y entré. Me gustaba mucho la puerta de la cocina. Era una puerta de vaivén, como las que sesenta años antes utilizaban los criados para poder entrar y salir cargados de platos.

—Papá, ¿dónde está el coche?

—En la entrada.

—No, qué va.

—¿Qué?

Sonó el teléfono, y mi padre fue hacia el recibidor para cogerlo. Le oí hablar con alguien.

Las tostadas empezaron a humear bajo el grill.

Me subí a una silla y lo apagué.

—Era la policía —dijo mi padre—. Alguien les ha avisado de que ha visto nuestro coche abandonado al final de la carretera. Les he dicho que ni siquiera he denunciado el robo todavía. Vale. Podemos ir ahora mismo y reunirnos allí con ellos. ¡La tostada!

Sacó la sartén de debajo del grill. Las tostadas echaban humo y estaban quemadas por un lado.

—¿Mi cómic está dentro, o se lo han llevado?

—Pues no lo sé. La policía no me ha dicho nada.

Mi padre untó mantequilla de cacahuete por el lado quemado de las tostadas, cambió la bata por un abrigo viejo, se calzó y fuimos juntos hacia el final de la carretera. Papá iba masticando su tostada por el camino. Yo llevaba la mía en la mano, pero no la probé.

Llevábamos unos cinco minutos caminando por la estrecha carretera que atravesaba los campos, cuando un coche patrulla se nos acercó por detrás. Aminoró, y el conductor saludó a mi padre por su nombre.

Escondí mi tostada quemada tras la espalda mientras mi padre hablaba con el policía. Pensé que ojalá mis padres compraran pan de molde normal, del que se podía meter en la tostadora, como todo el mundo. Mi padre había descubierto una panadería donde vendían gruesas barras de pan negro, y él insistía en comprarlo. Decía que estaba mucho más rico, cosa que a mí no me cabía en la cabeza. El pan de verdad era blanco, y venía ya cortado en rebanadas, y tenía un sabor inconfundible: así era como tenía que ser el pan.

El policía que iba al volante se bajó del coche, abrió la puerta y me dijo que subiera. Mi padre se subió al asiento del pasajero.

El coche avanzó lentamente por la carretera. Por

30

aquel entonces estaba sin asfaltar, y solo había espacio para que pasara un coche. Estaba llena de socavones, baches y piedras que sobresalían entre la tierra. No era una carretera propiamente dicha, sino un camino abierto por la maquinaria agrícola, la lluvia y el tiempo.

—Críos —dijo el policía—. Les parece divertido robar un coche, conducirlo un rato y dejarlo tirado por ahí. Deben de vivir por la zona.

—Me alegro de que lo hayan encontrado tan rápido —dijo mi padre.

Pasamos por delante de la granja de los Caraway, donde una niña pequeña con el cabello tan rubio que parecía blanco y las mejillas muy sonrosadas se nos quedó mirando fijamente. Yo tenía mi tostada quemada sobre el regazo.

—El caso es que es curioso que lo hayan dejado precisamente ahí —comentó el policía—, porque está muy apartado y habrán tenido que andar un buen trecho para regresar a donde sea.

Al pasar una curva vimos el Mini blanco a un lado, enfrente de una verja que daba acceso a una finca, con las ruedas hundidas en el barro. Pasamos por delante de él y aparcamos en la hierba. El policía me abrió la puerta, y los tres juntos fuimos hacia el Mini. El policía le iba hablando a mi padre de los problemas de delincuencia que había en esa zona y explicándole por qué pensaba que habían sido chavales de los alrededores los que se habían llevado el coche; luego, mi padre abrió la puerta del Mini con un duplicado de la llave.

—Se han dejado algo en el asiento de atrás —dijo.

Mi padre alargó el brazo y retiró la manta azul que cubría lo que había en el asiento de atrás, pese a que el policía le advirtió de que no lo hiciese, y yo miraba fijamente el asiento trasero, pues allí era donde se suponía que estaba mi cómic, así que lo vi perfectamente.

Lo que estaba viendo allí era un algo, no un alguien.

Aunque yo era un niño con una imaginación desbordante, propenso a las pesadillas, a los seis años logré convencer a mis padres para que me llevaran a visitar el museo de cera de Madame Tussaud, en Londres, porque quería ver la Cámara de los Horrores de la que hablaban mis cómics. Quería estremecerme ante las figuras de Drácula, el monstruo de Frankenstein y el Hombre Lobo. Pero en lugar de eso, me dieron un paseo por una interminable sucesión de escenas de hombres y mujeres bastante anodinos y taciturnos que habían asesinado a alguien —por lo general, a sus caseros o a miembros de su propia familia— y que a su vez habían acabado asesinados: en la horca, en la silla eléctrica, en la cámara de gas. La mayoría aparecían junto a sus víctimas en situaciones violentas; por ejemplo, sentados a la mesa mientras el resto de su familia moría envenenada. Los carteles que explicaban quiénes eran también me informaron de que la mayoría habían asesinado a su familia y habían donado sus cuerpos para estudios de anatomía. Fue entonces cuando la palabra anatomía adquirió connotaciones aterradoras para mí. Yo no sabía qué era la anatomía entonces. Solo sabía que la gente mataba a sus hijos por culpa de la anatomía.

Lo único que impidió que saliera corriendo despavorido de la Cámara de los Horrores fue el hecho de que las reproducciones en cera no eran demasiado convincentes. Era imposible que parecieran muertos, porque nunca habían parecido vivos.

Aquella cosa que estaba en el asiento de atrás, cubierta por una manta azul (una manta que yo conocía perfectamente: era la que había en mi antigua habitación, en el estante, por si me hacía falta una segunda manta), tampoco resultaba muy convincente. Guardaba cierto parecido con el minero, pero llevaba un traje negro, una camisa blanca con chorreras y una pajarita negra. Se había peinado el cabello hacia atrás con brillantina. Tenía los ojos abiertos, y los labios azulados, pero la piel muy sonrosada. Era como una caricatura de la salud. No llevaba al cuello su cadena de oro.

Justo debajo de él vi mi cómic, arrugado y doblado, mi ejemplar de SMASH! con Batman en la portada, y era exactamente igual al de la tele.

No recuerdo si alguien dijo algo, solo que me obligaron a apartarme del Mini. Crucé la carretera y me quedé allí mientras el policía hablaba con mi padre y anotaba algo en su libreta.

Me quedé mirando el coche. Había una manguera verde que iba desde el tubo de escape hasta la ventanilla del conductor. Un pegote de barro marrón impedía que la manguera se saliera del tubo.

Nadie me miraba. Di un bocado a mi tostada. Estaba quemada y fría.

En casa, mi padre siempre se comía las tostadas más quemadas.

—¡Ñam! —decía, mientras se comía una detrás de otra—. ¡Carbón! ¡Son sanísimas! ¡Tostadas quemadas, como a mí me gustan!

Muchos años después me confesó que nunca le habían gustado las tostadas quemadas, que solo se las

33

comía para no tener que tirarlas, y, por una décima de segundo, tuve la sensación de que toda mi infancia había sido una mentira: fue como si uno de los pilares sobre los que había construido mi mundo se hubiera derrumbado como si fuera de arena.

El policía habló por la radio del coche patrulla.

A continuación cruzó la carretera y vino hacia mí.

—Siento mucho que lo hayas visto, chico —dijo—. Esto se va a llenar de coches enseguida. Deberíamos buscarte un sitio donde no estorbes. ¿Quieres sentarte en el asiento de atrás de mi coche?

Dije que no con la cabeza. No quería volver a sentarme allí.

Alguien, una niña, dijo:

—Puede venir conmigo a la granja. No hay problema.

Era bastante mayor que yo, debía de tener lo menos once años. Su cabello era castaño cobrizo, lo llevaba bastante corto, para ser una chica, y tenía la nariz chata. Era muy pecosa. Llevaba una falda roja; las chicas no llevaban vaqueros en aquella época, no en ese pueblo. Tenía un leve acento de Sussex y unos penetrantes ojos de color gris azulado.

El policía cogió a la niña y se fue hacia donde estaba mi padre, que le dio permiso para llevarme con ella, y los dos juntos echamos a andar por la carretera.

—Hay un señor muerto en nuestro coche —le expliqué.

—Por eso vino hasta aquí —me dijo—. Es el final de la carretera. A las tres de la mañana esto está desierto. Y el barro está blando y resulta más manejable.

—¿Crees que se ha suicidado?

—Sí. ¿Te gusta la leche? La abuela está ordeñando a *Bessie*.

—¿Quieres decir leche de verdad, salida de una vaca?

Nada más decirlo me sentí estúpido, pero ella asintió y me dejó más tranquilo.

Me quedé pensándolo un momento. Nunca había bebido leche que no hubiera salido de una botella.

—Me gustaría probarla.

Nos paramos en un pequeño establo donde había una anciana, mucho mayor que mis padres, con el cabello largo y gris, como una telaraña, y el rostro enjuto. Estaba de pie junto a una vaca. De cada una de sus ubres salía un tubo negro y largo.

—Antes las ordeñábamos a mano —me explicó—, pero así es mucho más fácil.

Señaló los tubos y me explicó que llevaban la leche hasta una máquina, de allí pasaba a un refrigerador y finalmente a unas inmensas lecheras metálicas. Las lecheras se dejaban luego sobre una pesada plataforma de madera que había fuera del establo, y unos camiones pasaban a diario por allí para recogerlas.

La anciana me dio una taza de la cremosa leche de *Bessie*, la vaca, una leche que todavía no había pasado por el refrigerador. Aquello no se parecía a nada que hubiera bebido antes: era sabrosa, tibia y absolutamente deliciosa. Continué recordando aquella leche incluso cuando ya había olvidado todo lo demás.

—No deja de llegar gente a la carretera —dijo la anciana, de pronto—. Hay un montón de coches con las sirenas encendidas y toda la parafernalia. Menudo follón. Será mejor que te lleves al niño a la cocina. Parece que tiene hambre, y un vaso de leche no es suficiente para un niño en edad de crecer.

—¿Has comido algo? —me preguntó la niña.

—Solo una tostada. Pero estaba quemada.

—Me llamo Lettie —se presentó—. Lettie Hempstock. Esta es la granja Hempstock. Ven conmigo.

Entramos por la puerta principal, me llevó hasta su enorme cocina y me hizo sentar a una mesa de madera. Las grietas y manchas de la madera se me antojaban caras que me observaban desde la mesa.

—Solemos desayunar pronto —dijo—. Tenemos que empezar a ordeñar al alba, pero quedan gachas en la sartén, y podemos endulzarlas con mermelada.

Me dio un cuenco de porcelana lleno de gachas calientes, y le añadió una cucharada de mermelada casera de moras, mi favorita. Luego añadió también un poco de nata. Las removí con la cuchara, y las gachas adquirieron un tono morado. Disfruté como un enano. Estaban deliciosas.

Entró en la cocina una mujer baja y robusta. Su cabello castaño cobrizo estaba salpicado de canas, y lo llevaba corto. Tenía las mejillas redondas y sonrosadas, vestía una falda de color verde oscuro que le llegaba hasta las rodillas y unas botas de agua.

—Este debe de ser el chico de la carretera. Menudo jaleo se ha organizado con ese coche. Hay por lo menos cinco personas, y dentro de poco les apetecerá tomarse un té.

Lettie llenó una tetera de cobre con agua del grifo. Encendió el gas con una cerilla y colocó la tetera al fuego. A continuación, sacó cinco descascarilladas tazas de un aparador y vaciló, mirando a la mujer.

—Tienes razón —dijo la mujer—. Harán falta seis. También va a venir el médico.

Entonces, la mujer frunció los labios y dijo: «Chist».

—No han visto la nota —dijo—. La escribió con mucho esmero, la dobló y se la metió en el bolsillo de la chaqueta; se ve que todavía no han mirado ahí.

—¿Y qué dice la nota? —preguntó Lettie.

—Léela tú misma —respondió la mujer. Imaginé que sería la madre de Lettie. Tenía pinta de ser la madre de alguien. Luego continuó—. Dice que cogió el dinero que le entregaron sus amigos para que lo sacara de Sudáfrica y lo ingresara a su nombre en un banco inglés, junto con el dinero que ganó en los años que estuvo trabajando en las minas de ópalo. Se fue a un casino en Brighton y se lo jugó, aunque en principio solo pensaba jugarse su parte. Pretendía usar el dinero de sus amigos para recuperar lo que había perdido.

»Y entonces se quedó sin nada, y todo se volvió negro.

—Pero eso no es lo que escribió —dijo Lettie, entornando los ojos—. Lo que escribió fue:

A todos mis amigos:

Siento mucho que las cosas no hayan salido como yo esperaba y confío en que algún día me perdonéis lo que yo mismo no puedo perdonarme.

—Viene a ser lo mismo —dijo la mujer y, volviéndose hacia mí, se presentó—. Soy la madre de Lettie. Creo que ya has conocido a mi madre, en el establo. Soy la señora Hempstock, pero ella fue la señora Hempstock antes que yo, así que ahora es la anciana señora Hempstock. Esta es la granja Hempstock. Es la granja más antigua del vecindario. Ya figura en el *Domesday Book*.[1]

---

1. El Domesday Book fue el primer padrón de Inglaterra, elaborado a instancias del rey Guillermo I de Inglaterra y completado en 1086. (*N. de la T.*)

Yo me preguntaba por qué las tres se llamaban Hempstock, pero no pregunté, como tampoco me atreví a preguntar cómo sabían lo de la nota de suicidio o lo que estaba pensando el minero cuando murió. Hablaban de ello como si fuera lo más normal del mundo.

—Le he sugerido que mire en el bolsillo de la chaqueta. Pensará que se le ha ocurrido a él.

—Buena chica —dijo la señora Hempstock—. Vendrán cuando rompa a hervir el agua para preguntarme si he visto algo fuera de lo habitual y tomarse un té. ¿Por qué no te llevas al chico al estanque?

—No es un estanque —dijo Lettie—. Es mi océano.

Se volvió hacia mí y me dijo:

—Vamos.

Salimos de la casa por el mismo camino por el que habíamos venido.

El día seguía estando gris.

Dimos la vuelta a la casa y continuamos por el sendero.

—¿Es un océano de verdad? —pregunté.

—Oh, sí.

De pronto, nos encontramos delante de él: había un cobertizo de madera, un viejo banco y, entre los dos, un estanque de patos sobre cuyas oscuras aguas flotaban las lentejas de agua y unos cuantos nenúfares. Había un pez muerto, plateado como una moneda, flotando de costado en la superficie.

—Eso no es buena señal —dijo Lettie.

—¿No me habías dicho que era un océano? —le dije—. No es más que un estanque, en realidad.

—Y es un océano —replicó—. Tuvimos que cruzarlo cuando yo era un bebé para venir aquí desde nuestra tierra natal.

Lettie fue hacia el cobertizo y volvió con una larga

caña de bambú, con una especie de red en uno de los extremos. Se inclinó hacia adelante, pasó la red por debajo del pez con mucho cuidado y lo sacó.

—Pero la granja Hempstock figura en el *Domesday Book* —repliqué—. Lo ha dicho tu madre. Y eso es de la época cuando Guillermo *el Conquistador*.

—Sí —dijo Lettie.

Sacó el pez muerto de la red y lo examinó. Todavía no se había puesto rígido, y cayó inerte en su mano. Nunca había visto tantos colores juntos: era plateado, sí, pero se percibían también matices azules, verdes y morados y sus escamas tenían un ribete negro.

—¿Qué clase de pez es? —pregunté.

—Esto es muy raro —dijo—. Quiero decir, que los peces de este océano no mueren.

Sacó una navaja con el mango de concha, aunque no habría sabido decir de dónde la sacó, la clavó en el vientre del pez y la deslizó hacia la cola.

—Esto es lo que lo ha matado —dijo Lettie.

Sacó algo del interior del pez. A continuación me lo puso en la mano, todavía envuelto en la grasa de las tripas. Me agaché, lo enjuagué en el agua del estanque y lo froté con los dedos para limpiarlo. Lo examiné. Tenía grabado el rostro de la Reina Victoria.

—¿Una moneda de seis peniques? —inquirí—. ¿El pez se ha comido una moneda de seis peniques?

—Es raro, ¿no? —dijo Lettie Hempstock.

Había salido el sol, y pude ver con claridad las pecas que salpicaban su nariz y sus mejillas, y los reflejos cobrizos de sus cabellos.

—Tu padre se estará preguntando dónde estarás —dijo entonces—. Es hora de volver.

Quise devolverle la moneda de seis peniques, pero ella dijo que no con la cabeza.

—Quédatela —me dijo—. Puedes comprarte unas chocolatinas, o caramelos de limón.

—No creo que pueda —repliqué—. Es una moneda antigua.

—Pues guárdala en tu hucha. A lo mejor te trae suerte —dijo, sin demasiada convicción, como si no estuviera segura de la clase de suerte que podía traerme.

Los agentes de policía, mi padre y dos hombres vestidos con traje marrón y corbata estaban en la cocina. Uno de los hombres me dijo que era policía, pero no iba de uniforme, cosa que me decepcionó un poco; si yo fuera policía iría de uniforme siempre que pudiera, eso seguro. Reconocí al otro hombre que iba de traje; era el doctor Smithson, nuestro médico. Estaban acabándose el té.

Mi padre les dio las gracias a la señora Hempstock y a Lettie por haber cuidado de mí, y ellas dijeron que lo habían hecho encantadas, y que podía volver cuando quisiera. El policía que nos había llevado hasta el Mini nos llevó de vuelta a casa y nos dejó en el camino de entrada.

—Creo que lo mejor será que no le cuentes nada de esto a tu hermana —dijo mi padre.

Yo no quería hablar de aquello con nadie. Había descubierto un lugar muy especial, y tenía una nueva amiga, y había perdido mi cómic, y tenía una moneda antigua de seis peniques en la mano.

—¿Cuál es la diferencia entre el océano y el mar? —le pregunté a mi padre.

—Es más grande —respondió—. El océano es mucho mayor que el mar. ¿Por qué lo preguntas?

—Cosas mías —respondí—. ¿Podría existir un océano tan pequeño como un estanque de patos?

—No —dijo mi padre—, un estanque es un estanque, un lago es un lago, un mar es un mar y un océano es un océano. El Atlántico, el Pacífico, el Índico y el Ártico; creo que esos son todos los océanos.

Mi padre subió a su dormitorio para hablar con mi madre y llamar por teléfono desde allí. Yo guardé la moneda de seis peniques en mi cerdito-hucha. Era un cerdito de cerámica de esos que no se pueden abrir. Algún día, cuando estuviera lleno, podría romperlo, pero todavía tenía que echar muchas monedas para eso.

Tres

No volví a ver el Mini blanco. Dos días después, el lunes, a mi padre le trajeron un Rover negro, con asientos de cuero rojo algo cuarteados. Era más grande que el Mini, pero bastante menos cómodo. La tapicería de cuero olía a tabaco, y aquel olor hacía que nos mareáramos en los viajes largos.

El Rover negro no fue lo único que llegó el lunes por la mañana. También recibí una carta.

Tenía siete años, y no solía recibir cartas. Me llegaba alguna postal por mi cumpleaños, de mis abuelos y de Ellen Henderson, una amiga de mi madre a la que yo no conocía. Ellen Henderson, que vivía en una caravana, también me mandaba pañuelos como regalo de cumpleaños. Pero nunca había recibido una carta. Aun así, todos los días miraba el correo a ver si había llegado algo para mí.

Y aquella mañana recibí una carta.

La abrí, no entendí lo que decía, y se la llevé a mi madre. ·

—Has ganado un premio —me dijo.

—¿Qué premio?

—Cuando naciste, tu abuela te compró una participación para un concurso de la caja de ahorros, como hacía con todos sus nietos. Si tu número sale elegido, puedes ganar miles de libras.

—¿He ganado miles de libras?

—No —dijo, mirando la carta—. Has ganado trece libras con once chelines.

Me entristeció no tener miles de libras (incluso sabía en qué las habría gastado: me habría comprado un lugar en el que pudiera estar solo, como una Baticueva, con una entrada secreta), pero me alegré de haber entrado en posesión de una fortuna mayor de lo que me hubiera atrevido a imaginar. Trece libras y once chelines. Podía comprar cuatro chicles de regaliz o de *tutti frutti* por un penique: costaban un cuarto de penique cada uno, aunque ya no existían las monedas de un cuarto de penique. Trece libras con once chelines, teniendo en cuenta que una libra son 240 peniques y que podía comprar cuatro chicles por un penique, aquello significaba... una cantidad de chicles que jamás me había atrevido a soñar.

—Te lo ingresaré en tu cartilla —dijo mi madre, dando al traste con mis sueños.

No iba a tener más chicles de los que ya tenía. Pero aun así, era rico. Trece libras y once chelines más rico que unos minutos antes. Nunca antes había ganado nada, en mi vida.

Le pedí a mi madre que volviera a enseñarme la carta con mi nombre escrito, antes de guardársela en el bolso.

Aquello fue el lunes por la mañana. Por la tarde, el anciano señor Wollery, que venía los lunes y los jueves por la tarde a echarnos una mano con el jardín (la señora Wollery, su también anciana esposa, que llevaba chanclos de goma, unos zapatos grandes y semitransparentes que se ponían encima de los pies calzados, venía los miércoles por la tarde a limpiar), estaba cavando en el huerto y sacó una botella llena de monedas de un penique, de medio, de tres e incluso algún cuarto de penique. Todas aquellas monedas habían sido acuñadas antes de 1937, y yo me pasé la tarde limpiándolas con concentrado de carne y vinagre, para dejarlas bien brillantes.

Mi madre colocó la botella llena de monedas en la repisa de la chimenea del comedor, y dijo que a lo mejor se la podíamos vender a un coleccionista por unas cuantas libras.

Aquella noche me fui a la cama feliz y entusiasmado. Era rico. Habíamos encontrado un tesoro enterrado. El mundo era un lugar estupendo.

No recuerdo cómo empezaban aquellos sueños. Pero así es como funcionan los sueños, ¿no? Sé que estaba en el colegio, y que tenía un mal día; me escondía de los niños que me pegaban y me insultaban, pero me encontraban, escondido tras el rododendro que había detrás del colegio, y yo sabía que aquello tenía que ser un sueño (pero en el sueño no lo sabía, para mí era todo real) porque mi abuelo estaba con ellos, y también sus amigos, ancianos con la piel grisácea y una tos seca. Empuñaban lápices afilados, de los que te hacen sangre si te pinchas con ellos. Yo corría, pero ellos eran más rápidos que yo, los viejos y los niños, y al final me encontraban en el lavabo de chicos, en una de las cabinas. Me cogieron y me obligaron a abrir la boca.

Mi abuelo (que en realidad no era mi abuelo, sino una reproducción en cera de mi abuelo, que estaba empeñado en venderme para estudios de anatomía) tenía algo afilado y brillante en la mano, y me lo metía en la boca con sus pequeños y regordetes dedos. El objeto era duro y afilado, y me resultaba familiar, me provocaba náuseas y no me dejaba respirar. Tenía un sabor metálico en la boca.

Todos los que estaban en el lavabo de chicos me miraban con ojos mezquinos y triunfantes, y yo intentaba no asfixiarme con aquella cosa que me habían metido en la boca, decidido a no darles esa satisfacción.

Me desperté y me faltaba el aire.

No podía respirar. Tenía algo en la garganta, algo duro y afilado que no me dejaba respirar ni gritar. Me desperté tosiendo, con lágrimas rodando por mis mejillas y moqueando.

Me metí los dedos en la boca, desesperado, muerto de miedo y decidido a sacar aquello que no me dejaba respirar. Con la punta del dedo índice palpé el borde de un objeto duro. Coloqué el dedo corazón al otro lado del objeto, sujetándolo entre los dos dedos, y lo saqué.

Tragué aire, y a continuación medio vomité sobre las sábanas, expulsando una flema salpicada de sangre, pues el objeto me había raspado la garganta.

No lo miré. Lo apretaba en mi mano, resbaladizo por la saliva y la flema que lo envolvían. No quería mirarlo. No quería que existiera aquel puente entre el sueño y la vigilia.

Corrí por el pasillo hasta el baño, en el otro extremo de la casa. Me enjuagué la boca, bebí directamente del grifo del agua fría y lancé un escupitajo rojo al blanco lavabo. Solo después de haber hecho esto me senté en el borde de la bañera blanca y abrí la mano. Estaba asustado.

Pero lo que tenía en la mano —lo que había atas-

45

cado mi garganta— no era como para asustarse. No era más que una moneda: un chelín de plata.

Volví a mi habitación. Me vestí y limpié el vómito de mis sábanas lo mejor que pude con una toallita húmeda. Esperaba que las sábanas se secaran antes de irme a dormir esa noche. Luego bajé al piso de abajo.

Quería contarle a alguien lo del chelín, pero no sabía a quién. Conocía a los adultos lo suficiente como para saber que si les contaba lo que me había sucedido no me creerían. De todos modos, los adultos rara vez me creían cuando contaba la verdad. ¿Por qué iban a creer algo tan insólito?

Mi hermana estaba jugando en el jardín de atrás con unos amigos. Corrió hacia mí con aire enfadado nada más verme.

—Te odio —me dijo—. Pienso decírselo a papá y a mamá cuando vuelvan.

—¿Qué?

—Lo sabes perfectamente —me dijo—. Sé que has sido tú.

—¿Que he sido yo qué?

—El que me ha tirado esas monedas, a mí y a mis amigos. Desde los arbustos. Eres malo.

—Pero yo no he sido.

—Me has hecho daño.

Mi hermana volvió con sus amigos, y todos me miraron con ojos asesinos. La garganta me dolía y me escocía.

Eché a andar por el camino de entrada. No sé adónde pensaba ir, el caso es que no quería quedarme allí.

Lettie Hempstock estaba al final del camino, bajo los castaños. Parecía como si llevara un siglo esperando y estuviera dispuesta a esperar otro siglo más.

Llevaba un vestido blanco, pero la luz que se filtraba por entre los primaverales brotes de los castaños lo teñía de verde.

—Hola —le dije.

—Has tenido pesadillas, ¿verdad?

Saqué el chelín de mi bolsillo y se lo enseñé.

—Me he atragantado con esto —le expliqué—. Al despertarme. Pero no sé cómo ha podido llegar hasta mi boca. Si alguien me lo hubiera metido, me habría despertado. Simplemente estaba ahí cuando me desperté.

—Ya —dijo.

—Mi hermana dice que le he estado tirando monedas desde los arbustos, pero no he sido yo.

—No —replicó—. No has sido tú.

—Lettie, ¿qué está pasando? —le pregunté.

—Oh —exclamó, como si fuera evidente—. Es solo que alguien intenta repartir dinero, nada más. Pero lo está haciendo muy mal, y está despertando cosas por aquí que deberían seguir dormidas. Y eso no es bueno.

—¿Tiene algo que ver con el hombre que murió?

—¿Que si tiene algo que ver con él? Sí.

—¿Es él quien está haciendo esto?

Lettie meneó la cabeza.

—¿Has desayunado ya? —me preguntó.

Dije que no con la cabeza.

—Muy bien —dijo—. Pues vámonos.

Echamos a andar por la carretera. Por aquel entonces había algunas casas desperdigadas a lo largo de la carretera, y Lettie las señaló al pasar.

—En esa casa de ahí, un hombre ha soñado que lo vendían y se convertía en dinero. Ahora ha empezado a ver cosas en los espejos.

47

—¿Qué cosas?

—A él mismo. Pero con dedos saliéndole por las cuencas de los ojos. Y con cosas que le salen de la boca. Como patas de cangrejo.

Imaginé a esa persona mirándose al espejo con patas de cangrejo saliéndole de la boca.

—¿Por qué me he encontrado un chelín en la boca?

—Él quería que la gente tuviera dinero.

—¿Te refieres al minero? ¿El que murió en el coche?

—Sí. Más o menos. No exactamente. Él ha sido quien ha empezado todo esto, como alguien que prende una mecha en una hoguera. Su muerte prendió la mecha. Pero lo que ha explotado ahora no tiene que ver con él. Ha sido otra persona, otra cosa.

48   Se frotó su pecosa nariz con la mano sucia.

—En esa casa de ahí, una señora se ha vuelto loca —me dijo, y no se me pasó por la cabeza dudar de ella—. Tiene dinero en el colchón. Ahora no quiere salir de la cama para que nadie se lo quite.

—¿Cómo lo sabes?

Lettie se encogió de hombros.

—Cuando llevas un tiempo por aquí te enteras de cosas.

Le di una patada a una piedra.

—¿Cuando dices «un tiempo», quieres decir mucho, mucho tiempo?

Lettie asintió con la cabeza.

—¿Cuántos años tienes? —le pregunté.

—Once.

Me quedé pensando un momento. A continuación le pregunté:

—¿Y cuánto tiempo hace que tienes once años?

Lettie me sonrió.

Pasamos por delante de la granja de los Caraway. Los dueños, a los que más adelante conocería como los padres de Callie Anders, estaban en el corral y discutían a gritos. Al vernos llegar se callaron.

Cuando pasamos la siguiente curva y quedamos fuera de su vista, Lettie comentó:

—Pobrecitos.

—¿Por qué dices «pobrecitos»?

—Porque últimamente tienen problemas de dinero. Y esta mañana él ha tenido un sueño en el que ella… hacía cosas malas para ganar algo de dinero. Así que ha mirado en su bolso y ha encontrado un montón de billetes de diez chelines doblados. Ella dice que no sabe de dónde han salido, pero él no la cree. En realidad no sabe qué creer.

—Todas esas peleas y esos sueños tienen que ver con dinero, ¿verdad?

—No estoy segura —dijo Lettie, y parecía tan mayor que casi me dio miedo.

—Sea lo que sea lo que está pasando —dijo, por fin—, todo tiene solución.

Lettie vio entonces la expresión de mi cara y se dio cuenta de que estaba preocupado, incluso asustado. Entonces dijo:

—Pero antes vamos a comernos unas tortitas.

Hizo unas tortitas en una plancha grande colocada sobre el fogón. Eran finas como el papel y, según las iba sacando, exprimía unas gotas de limón sobre cada una y ponía una cucharada de mermelada de ciruela en el centro. Luego las enrollaba como un cigarro. Cuando hubo hecho unas cuantas nos sentamos a la mesa de la cocina y las engullimos.

Había una chimenea en la cocina, y aún quedaban

49

brasas de la noche anterior. Aquella cocina era un lugar muy agradable, pensé.

—Tengo miedo —le confesé a Lettie.

Ella me sonrió.

—Me aseguraré de que no te pase nada, te lo prometo. Yo no tengo miedo.

Yo seguía asustado, pero un poco menos.

—Es que todo esto da un poco de miedo.

—Te he prometido que no te va a pasar nada —dijo Lettie Hempstock—. No dejaré que te hagan daño.

—¿Daño? —dijo una voz aguda y cascada—. ¿Quién se ha hecho daño? ¿En dónde se ha hecho daño? ¿Por qué?

Era la anciana señora Hempstock, que sujetaba su delantal con las manos, y dentro llevaba tantos narcisos que la luz se reflejaba en ellos y hacía que su rostro pareciera de oro, y toda la cocina quedó inundada de una luz amarilla.

—Algo está causando problemas —le explicó Lettie—. Le está dando dinero a la gente. En sueños y en la vida real. —Le mostró mi chelín a la anciana—. Mi amigo se ha despertado atragantándose con esta moneda.

La anciana señora Hempstock dejó el delantal sobre la mesa de la cocina y volcó rápidamente los narcisos sobre la tabla de madera. Luego cogió el chelín de las manos de Lettie. Lo miró con los ojos entornados, lo olisqueó, lo frotó, lo escuchó (o, en cualquier caso, se lo acercó a la oreja) y luego lo tocó con la punta de su morada lengua.

—Es nuevo —dijo, por fin—. Tiene fecha de 1912, pero ayer no existía.

—Sabía que había algo raro.

Alcé la vista para mirar a la señora Hempstock.

—¿Cómo sabe eso?

—Buena pregunta, tesoro. Es por la erosión de los electrones, más que nada. Hay que mirar las cosas muy atentamente para poder ver los electrones. Son esas cositas minúsculas que parecen sonrisas diminutas. Los neutrones son grises y parecen ceños fruncidos. Estos electrones son demasiado sonrientes para ser de 1912, así que he examinado bien los bordes de las letras y el rostro del viejo rey, y todo parece demasiado nuevo. Incluso en las zonas más desgastadas, es como si hubieran querido darles ese aspecto a propósito.

—Debe usted de tener muy buena vista —le dije.

Estaba impresionado. La anciana me devolvió la moneda.

—Ya no es tan buena como antes, pero es lo que tiene llegar a mi edad; pierdes agudeza visual.

Y soltó una carcajada, como si hubiera dicho algo muy gracioso.

—¿Y cuántos años tiene?

Lettie me miró y temí haber sido grosero. A veces, a los adultos no les gusta que les preguntes cuántos años tienen, a veces sí. Según mi experiencia, a los viejos sí les gustaba. Se sienten orgullosos de su edad. La señora Wollery tenía setenta y siete, el señor Wollery, ochenta y nueve, y les gustaba decirnos los años que tenían.

La anciana señora Hempstock fue hacia el aparador y sacó varios jarrones de colores.

—Más que suficientes —respondió—. Recuerdo el momento en que se hizo la luna.

—¿No ha existido siempre?

—Bendita ingenuidad. Ni muchísimo menos. Recuerdo el día en que llegó la luna. Alzamos la vista para mirar al cielo; por aquel entonces todo era de color marrón sucio y gris negruzco, no verde y azul como ahora…

Llenó de agua los jarrones con agua del grifo. Luego sacó unas tijeras de cocina algo ennegrecidas, y cortó medio centímetro los tallos de los narcisos.

—¿Estás segura de que no es el espíritu del minero el que está haciendo todo esto? ¿Estás segura de que no estamos encantados?

Nieta y abuela se echaron a reír y yo me sentí como un idiota.

—Perdón.

—Los fantasmas no pueden hacer nada —dijo Lettie—. Ni siquiera se les da muy bien eso de mover cosas.

—Ve a buscar a tu madre —ordenó a Lettie la señora Hempstock—. Está haciendo la colada. —A continuación, dirigiéndose a mí, dijo—: Échame una mano con los narcisos.

Le ayudé a colocar las flores en los jarrones, y me pidió la opinión sobre en qué lugar de la cocina quedarían mejor. Colocamos los jarrones en los lugares que yo sugerí y entonces me sentí maravillosamente importante.

Los narcisos eran como trocitos de sol, y le daban un aspecto aún más alegre a aquella cocina de maderas oscuras. El suelo era de baldosas rojas y grises. Las paredes estaban encaladas.

La anciana me dio un trocito de panal de su colmena, en un plato descascarillado, y lo regó con nata de una jarrita. Me lo comí con una cuchara, masticando la cera como si fuera chicle, dejando que la miel inundara toda mi boca, dulce y pegajosa, con un regusto a flores silvestres.

Estaba rebañando el plato cuando Lettie y su madre entraron en la cocina. La señora Hempstock seguía llevando las mismas botas de goma, y entró en la cocina como si tuviera mucha prisa.

—¡Mamá! —exclamó—. Ya estás dándole miel al niño. Vas a conseguir que se le piquen los dientes.

La señora Hempstock se encogió de hombros.

—Ya hablaré yo con los bichitos de su boca —dijo—. Les diré que dejen en paz sus dientes.

—No puedes ir por ahí mangoneando a las bacterias —dijo la madre de Lettie—. No les gusta nada.

—Bobadas —replicó la anciana—. Deja a los bichitos a su aire y seguirán a lo suyo. Enséñales quién manda y harán lo que les pidas. Ya has probado mi queso —dijo, volviéndose hacia mí—. Le han dado muchas medallas. Premios. En tiempos del viejo rey, había gente capaz de cabalgar una semana entera para comprarme un queso. Incluso decían que al mismo rey le encantaba comerlo acompañado de pan, y compartirlo con el príncipe Dickon y el príncipe Geoffrey, e incluso el pequeño príncipe John. Decían que era el mejor queso que habían probado jamás…

—Abuela —dijo Lettie, y la anciana se calló en mitad de la frase.

La madre de Lettie dijo:

—Vas a necesitar una vara de avellano. —Algo dubitativa, añadió—: Y supongo que puedes llevarte a tu amigo. La moneda es suya, y será más fácil de llevar si él va contigo. Es algo que hizo ella.

—¿Ella? —inquirió Lettie.

Tenía en la mano una navaja cerrada, la del mango de concha.

—Por el sabor parece chica —dijo la madre de Lettie—. Pero podría equivocarme, cuidado.

53

—No te lleves al niño —dijo la anciana señora Hempstock—. Son ganas de buscarse problemas, la verdad.

Me sentí decepcionado.

—Estaremos bien —dijo Lettie—. Yo cuidaré de él. De él y de mí misma. Será una aventura. Y me hará compañía. Por favor, abuela...

Miré ilusionado a la anciana señora Hempstock y esperé a que respondiera.

—Si la cosa se pone difícil no digas que no te avisé —dijo la anciana señora Hempstock.

—Gracias, abuela. Tendré cuidado.

—Escucha, no hagas ninguna tontería —le advirtió la anciana señora Hempstock—. Acércate con cuidado. Somételo, cierra sus caminos y haz que vuelva a dormir.

—Lo sé —dijo Lettie—. Ya sé todo eso. En serio. Estaremos bien.

Eso fue lo que dijo. Pero no se cumplió.

54

Cuatro

Lettie me llevó hasta un avellano que había junto a la antigua carretera (sus flores colgaban grávidas en primavera) y arrancó una delgada rama. Luego, con la navaja, como si lo hubiera hecho miles de veces, le quitó la corteza y le hizo un corte, de manera que la rama parecía ahora una «Y». Se guardó la navaja (no pude ver dónde) y cogió ambos extremos de la «Y» con las manos.

—No estoy haciendo radiestesia —me explicó—, solo la uso como guía. Estamos buscando algo azul… una botella azul, para empezar. O algo violáceo y brillante.

Los dos echamos un vistazo alrededor.

—No lo veo.

—Tiene que estar aquí —me aseguró.

Volví a mirar: la hierba, un pollo marrón rojizo que picoteaba por un lateral del camino, maquinaria agrícola oxidada, la mesa de madera con caballete junto a la carretera y las seis lecheras vacías que había encima. Veía la casa de ladrillo rojo de la granja Hempstock, agazapada y acogedora como un animal en reposo. Veía las flores de primavera; las omnipresentes margaritas amarillas y blancas, los dorados ranúnculos y dientes de león, y, algo prematura para la estación, una solitaria campanilla bajo la mesa donde estaban las lecheras, todavía brillante por el rocío de la mañana...

—¿Eso? —pregunté.

—Tienes muy buena vista —me dijo, complacida.

Fuimos juntos hacia la campanilla. Lettie cerró los ojos al llegar allí. Comenzó a mover su cuerpo hacia delante y hacia atrás, con la vara de avellano extendida, como si fuera el punto donde se juntan las agujas del reloj, con la vara en las manos, orientada hacia una medianoche o un este que yo no podía ver.

—Negro —dijo de pronto, como si estuviera describiendo algo que veía en un sueño—. Y blando.

Nos alejamos de la campanilla, por aquella carretera que quizá mucho tiempo atrás fuera una calzada romana. Habíamos avanzado unos cien metros por la carretera, cerca del lugar donde había estado aparcado el Mini, cuando lo divisó: un jirón de tela negra enganchado en el alambre de espino de la valla.

Lettie se acercó. Una vez más, extendió la vara de avellano y comenzó a dar vueltas lentamente.

—Rojo —dijo con seguridad—. Muy rojo. Por allí.

Caminamos juntos en la dirección que ella indicó. Atravesamos un prado y nos adentramos en un bosquecillo.

—Ahí —dije, fascinado.

El cadáver de un animal muy pequeño, seguramente un ratón de campo, yacía sobre un lecho de verde musgo. No tenía cabeza, y la sangre de color rojo brillante manchaba su pelaje y goteaba sobre el musgo. Era muy roja.

—Bien, a partir de ahora —dijo Lettie—, cógete de mi brazo. No me sueltes.

Agarré su brazo izquierdo con mi mano derecha, justo por debajo del codo. Lettie movió la vara de avellano.

—Por aquí —dijo.

—¿Qué buscamos ahora?

—Nos estamos acercando —añadió—. Lo que buscamos ahora es una tormenta.

Nos adentramos más en el bosquecillo hasta llegar a un bosque más grande, y nos abrimos paso entre los árboles, tan juntos que sus ramas formaban un espeso dosel sobre nuestras cabezas. Encontramos un claro y lo atravesamos, envueltos en la verde espesura.

A nuestra izquierda oímos a lo lejos el rumor de un trueno.

—Una tormenta —cantó Lettie.

Volvió a balancear el cuerpo, y yo empecé a girar con ella, sin soltarte el brazo. Sentí, o imaginé que sentía, una vibración recorriendo mi cuerpo, como si estuviera en contacto con un potente motor.

Lettie echó a andar siguiendo una nueva dirección. Cruzamos juntos un arroyo. Entonces se detuvo, de repente, y tropezó, pero no se cayó.

—¿Hemos llegado ya? —le pregunté.

—Todavía no —contestó—. No. Sabe que nos estamos acercando. Nos percibe. Y no quiere que lo alcancemos.

La vara de avellano iba de un lado a otro como un imán al que empujaran hacia un polo del mismo signo. Lettie sonrió.

Una ráfaga de viento nos lanzó a la cara hojas y arena. Oí algo que atronaba a lo lejos, como un tren. Cada vez resultaba más difícil ver, y el cielo que podía atisbar entre las frondosas ramas estaba oscuro, como si unos gigantescos nubarrones se cernieran sobre nosotros, o como si hubiéramos pasado directamente de la mañana al crepúsculo.

—¡Agáchate! —gritó Lettie, agazapándose sobre el musgo y tirando de mí para que me agachara también.

Se tendió boca abajo, y yo me tendí a su lado, sintiéndome algo estúpido. El suelo estaba húmedo.

—¿Cuánto tiempo vamos...?

—¡Chisst!

Casi parecía enfadada. Me callé.

Algo avanzó por entre los árboles, por encima de nuestras cabezas. Alcé la vista, vi algo marrón y peludo, pero plano, como una inmensa alfombra, ondulándose por los bordes, y en la parte frontal de la alfombra una boca, llena de minúsculos y afilados dientes, dirigida hacia abajo.

Se quedó flotando sobre nosotros y se fue.

58

—¿Qué ha sido eso? —pregunté, con el corazón latiendo de tal forma dentro de mi pecho que no sabía si podría volver a ponerme de pie.

—Un lobo manta —dijo Lettie—. Hemos ido un poco más lejos de lo que yo pensaba.

Se puso de pie y se quedó mirando en la dirección que había seguido aquella cosa peluda.

Alzó el extremo de la vara de avellano y dio la vuelta lentamente.

—No percibo nada —dijo, echando hacia atrás la cabeza para apartarse el pelo de los ojos, pero sin soltar los dos extremos de la vara—. O está escondido o estamos demasiado cerca. —Lettie se mordió los labios—. El chelín. El que se quedó atascado en tu garganta. Sácalo.

Me lo saqué del bolsillo con la mano izquierda y se lo ofrecí.

—No —dijo—. Yo no puedo tocarlo, ahora no. Déjalo en el punto donde se bifurca la vara.

No le pregunté el porqué. Me limité a poner el chelín en la intersección de la «Y». Lettie extendió los brazos y empezó a girar muy despacio, con el extremo de la vara apuntando hacia delante. Yo me moví con ella, pero no percibí nada. Ya no sentía la vibración del motor. En mitad de la vuelta, Lettie se detuvo y dijo:

—¡Mira!

Miré en la dirección que indicaba su rostro, pero no pude ver más que los árboles y las sombras del bosque.

—No, mira. Allí —dijo, señalando con la cabeza.

Salía un hilillo de humo del extremo de la vara. Lettie se giró un poco hacia la izquierda, luego a la derecha, y un poco más a la derecha, y el extremo de la vara adquirió un tono naranja brillante.

—Es la primera vez que veo algo así —dijo Lettie—. Estoy usando la moneda como amplificador, pero es como si…

Se oyó un «¡uuumpf!» y el extremo de la vara comenzó a arder. Lettie la apoyó en el húmedo musgo.

—Coge la moneda —dijo, y yo obedecí, cogiéndola con cuidado por si quemaba, pero estaba fría como el hielo.

Lettie dejó la vara de avellano sobre el musgo, con el carbonizado extremo todavía humeante.

Lettie echó a andar y yo caminé a su lado. Íbamos cogidos de la mano, mi mano derecha en su mano izquierda. En el aire flotaba un olor extraño, como cuando hay fuegos artificiales, y con cada paso que dábamos en dirección al bosque, todo a nuestro alrededor se iba volviendo más oscuro.

—Prometí que cuidaría de ti, ¿no? —dijo Lettie.

—Sí.

—Prometí que no dejaría que nada te pasara.

—Sí.

—Pues sigue cogiéndome de la mano. No la sueltes. Pase lo que pase, no la sueltes.

Su mano estaba caliente, pero no sudaba. Era muy reconfortante.

—Cógeme de la mano —repitió—. Y no hagas nada a menos que yo te lo diga. ¿Lo has entendido?

—No me siento demasiado seguro —le dije.

Lettie no me replicó.

—Hemos ido más lejos de lo que imaginaba. Más lejos de lo que esperaba. La verdad es que no estoy muy segura de la clase de criaturas que habitan aquí, en los límites.

Se acabaron los árboles y seguimos caminando por un campo abierto.

—¿Estamos muy lejos de tu granja? —pregunté.

—No. Todavía estamos en los límites de ella. La granja Hempstock es muy extensa. Buena parte nos la trajimos al venir desde nuestra tierra natal. La granja vino con nosotras, y con ella vinieron también otras cosas. Pulgas, las llama mi abuela.

Yo no sabía dónde estábamos, pero no me podía creer que siguiéramos dentro de la granja, como tampoco creía que estuviéramos en el mundo en el que yo había crecido. En aquel lugar, el cielo era de color ámbar, como el de los semáforos; las plantas, que tenían espinas y parecían gigantescos y ajados áloes, eran de color verde oscuro y plateado, y daban la sensación de estar hechas de plomo.

La moneda, que en mi mano izquierda había adquirido la temperatura de mi cuerpo, empezó a enfriarse de nuevo hasta quedarse otra vez helada. Con mi mano derecha agarraba la mano izquierda de Lettie tan fuerte como podía.

60

—Ya hemos llegado —dijo.

Al principio pensé que lo que tenía delante era un edificio: parecía una carpa, recortada contra el cielo naranja, era tan alta como una iglesia, y las ráfagas de viento agitaban la lona rosa y gris: una estructura de lona inclinada y deteriorada por el viento y el paso del tiempo.

Y entonces se dio la vuelta y vi su rostro, y oí una especie de gimoteo, como el de un perro apaleado, y enseguida me di cuenta de que era yo quien gimoteaba.

Tenía el rostro andrajoso, y unos profundos agujeros en la lona le servían de ojos. No había nada detrás, solo una máscara de lona gris, mucho más grande de lo que cabría imaginar, raída y hecha jirones, agitada por el borrascoso viento.

Algo se movió, y la cosa harapienta nos miró.

—Di tu nombre —le ordenó Lettie Hempstock.

Hubo un silencio. Sus ojos vacíos nos miraban fijamente. Entonces, una voz tan impersonal como el rumor del viento dijo:

—Soy la dueña y señora de este lugar. Llevo aquí largo tiempo, desde antes de que los Pequeños se sacrificaran unos a otros sobre las rocas. Mi nombre es mío, niña, no tuyo. Ahora déjame en paz, antes de que os barra de aquí.

La cosa movió un brazo que parecía una vela mayor rota, y yo sentí escalofríos.

Lettie Hempstock me estrujó la mano, y aquello me infundió algo de valor.

—Te he pedido que me digas tu nombre, ¿no me has oído? No me impresionan tus bravuconerías. Vamos, dime tu nombre, no te lo pediré una tercera vez.

La voz de Lettie sonaba más que nunca como la de una chica de pueblo. Quizá fuera por lo airado de su tono: sus palabras sonaban de forma diferente cuando estaba enfadada.

—No —susurró con voz neutra aquella cosa gris—. Niña, niña, ¿quién es tu amigo?

Lettie murmuró:

—No digas nada.

Asentí con la cabeza y apreté los labios con fuerza.

—Me estoy cansando —dijo la cosa gris, agitando airadamente sus andrajosos brazos—. Algo vino a mí implorando amor y ayuda. Me explicó cómo podía hacer felices a todos los de su especie. Son criaturas simples, y lo único que quieren todos y cada uno de ellos es dinero, solo dinero y nada más. Pequeñas insignias que se intercambian por trabajo. Si me lo hubieran pedido, les habría dado sabiduría, o paz, una paz perfecta...

—Ni hablar —dijo Lettie Hempstock—. No quieren nada de lo que tú puedes ofrecer. Déjalos en paz.

Se levantó una ráfaga de viento y la pantagruélica figura se agitó, flameando al viento, y cuando el viento amainó la criatura había cambiado de posición. Ahora parecía agazapada, y nos examinaba como un gigantesco científico de lona que observara a dos minúsculos ratones.

Dos ratones blancos muy asustados, cogidos de la mano.

Lettie tenía la mano sudorosa ahora. Estrujó la mía, no sé si para infundirme coraje a mí o a ella misma, y yo le devolví el apretón.

El andrajoso rostro, el lugar donde debería haber estado el rostro, se retorció. Me pareció que sonreía. Quizá estuviera sonriendo. Tenía la sensación de que me estaba examinando, desmontándome. Como si lo supiera todo de mí; cosas que ni siquiera yo sabía.

La niña que me agarraba de la mano dijo:

—Si no me dices tu nombre, te someteré como cosa anónima. De todos modos te someteré, te ataré y te sellaré como una vaina.

Esperó, pero la cosa no respondió, y Lettie Hempstock comenzó a hablar en una lengua que yo no conocía. A ratos hablaba, y a ratos era más como un canto, en una lengua que yo jamás había oído ni he vuelto a oír desde entonces. Sin embargo, sí conocía la melodía. Era una canción infantil, la misma melodía de *Niños y niñas, venid a jugar*. La música era la misma, pero las palabras eran más antiguas. No me cabía la menor duda.

Y mientras ella cantaba, sucedían cosas bajo aquel cielo naranja.

Un montón de gusanos revolvían la tierra, eran unos gusanos largos y grises que salían de la tierra que teníamos bajo los pies.

Algo se abalanzó sobre nosotros desde el centro de la flameante lona. Era un poco más grande que un balón de fútbol. En el colegio, cuando jugábamos a algo, yo dejaba caer cosas que se suponía debía coger, o cerraba la mano un segundo más tarde de lo debido, de manera que me daban en la cara o en la tripa. Pero aquello venía directo hacia nosotros, y no me lo pensé; simplemente actué.

Extendí ambas manos y lo atrapé: un amasijo de telarañas y trapos podridos que se agitaban y se retorcían. Y al cogerlo con las manos noté que algo me hería: un dolor punzante en la planta del pie, que duró un instante y luego cesó, como si hubiera pisado una chincheta.

Lettie me lo quitó de las manos, y la cosa cayó al suelo, y se desintegró. Me cogió la mano derecha y la agarró con fuerza una vez más. Y todo esto sin dejar de cantar.

He soñado con aquella canción, con aquellas extrañas palabras y su sencilla melodía, y en diversas ocasiones, en el sueño, he entendido lo que decía. En esos sueños yo también hablaba aquella lengua, la primera lengua, y tenía poder sobre la naturaleza de todo lo real. En mis sueños, era la lengua de lo que existe, y cualquier cosa hablada en esa lengua se volvía real, porque nada de lo que se dijera en ese idioma podía ser mentira. Es la piedra angular de todo. En mis sueños he utilizado ese idioma para curar a los enfermos y para volar; una vez soñé que regentaba una perfecta y modesta casa rural en la costa, y a todos los que venían a hospedarse en ella les decía, en ese idioma: «Sé completo». Y se cumplía, dejaban de ser personas rotas, porque yo les había hablado en la lengua creadora.

Y como Lettie estaba hablando en la lengua creadora, por más que yo no entendiera las palabras, entendía lo que decía. La cosa del claro estaba siendo confinada a ese lugar para siempre, atrapada; le estaba prohibiendo ejercer influencia alguna sobre cualquier cosa que estuviera fuera de su alcance.

Lettie Hempstock terminó su canción.

En mi mente me pareció oír a la criatura gritar, protestar, despotricar, pero aquel lugar bajo el cielo naranja estaba en silencio. Tan solo el ondear de la lona y el rumor de las ramas agitadas por el viento rompían el silencio.

El viento amainó.

Miles de jirones de lona gris se posaron sobre la negra tierra como si estuvieran muertos, o como si alguien hubiera abandonado la colada en el claro del bosque. Nada se movía.

—Eso debería bastar para contenerlo —dijo Lettie, apretándome la mano. Me pareció que intentaba darles un tono alegre a sus palabras, pero no lo consiguió. Sonaban tristes—. Es hora de volver a casa.

Caminamos, cogidos de la mano, por un bosque de árboles de hoja perenne con un reflejo azulado; cruzamos un puente lacado en rojo y amarillo que atravesaba un estanque ornamental; anduvimos por el borde de un maizal en el que ya se veían los primeros brotes, como verde hierba plantada en hilera; subimos unos escalones para atravesar una valla, sin soltarnos de la mano, y llegamos a otro sembrado en el que crecían unos pequeños juncos que parecían serpientes peludas, blancos, negros, marrones, naranjas y grises y también a rayas, y se mecían suavemente, enroscándose y desenroscándose al sol.

—¿Qué son? —pregunté.

—Arranca uno y míralo tú mismo, si quieres —dijo Lettie.

Miré hacia abajo: el peludo zarcillo que tenía a mis pies era completamente negro. Me agaché, lo agarré firmemente por la base, con la mano izquierda, y tiré.

Algo salió de la tierra y se giró con furia. Sentí como si se me hubieran clavado una docena de diminutas agujas en la mano. Le sacudí la tierra, me disculpé y se me quedó mirando, más desconcertado y sorprendido que furioso. Saltó de la mano a mi camisa, lo acaricié: era una gatita, negra y brillante, con un rostro afilado e inquisitivo, un lunar blanco sobre una de las orejas y los ojos de un insólito y vivo azul verdoso.

—En la granja, los gatos nacen por el procedimiento habitual —dijo Lettie.

—¿Y eso qué es?

—*Oliver el Grande*. Apareció en la granja en tiempos de los paganos. Todos los gatos de nuestra granja descienden de él.

Miré a la gatita, que se había enganchado a mi camisa con sus minúsculas garras.

—¿Me lo puedo llevar a mi casa? —pregunté.

—No es «lo», es «la». No es buena idea llevarse a casa nada de lo que hay por aquí —dijo Lettie.

Dejé la gatita en el límite del sembrado. Salió disparada detrás de una mariposa, que flotaba en el aire fuera de su alcance, y luego se fue volando sin mirar atrás.

—A mi gatito lo atropellaron —le conté a Lettie—. Era muy pequeño. Me lo dijo el hombre que murió, aunque no era él quien conducía el coche. Me dijo que no lo habían visto.

66 —Lo siento —dijo Lettie. Caminábamos bajo unos manzanos en flor, y un aroma de miel lo inundaba todo—. Es lo malo de los seres vivos: no duran mucho tiempo. Un día son cachorritos y al día siguiente ya son gatos viejos. Y luego solo quedan los recuerdos. Y estos se desvanecen y se mezclan…

Abrió una verja con cinco barrotes y pasamos al otro lado. Lettie me soltó la mano. Estábamos al final de la carretera, cerca de la mesa donde estaban las abolladas lecheras plateadas. Todo olía como siempre.

—¿Hemos regresado ya? —pregunté.

—Sí —contestó Lettie—. Y ya no causará más problemas. —Se quedó callada un instante antes de continuar—: Era grande, ¿eh? Y mala. Nunca había visto una criatura parecida. Si hubiera sabido que era tan vieja, y tan grande, y tan mala, no te habría llevado conmigo.

Yo me alegraba de que me hubiera llevado con ella.

—Ojalá no me hubieras soltado la mano —dijo—. Pero aun así estás bien, ¿no? No ha pasado nada malo. Nadie ha sufrido ningún daño.

—Estoy bien —le dije—. No te preocupes. Soy un valiente soldado.

Eso era lo que decía siempre mi abuelo. A continuación repetí lo que ella había dicho:

—Nadie ha sufrido ningún daño.

Lettie me sonrió, su sonrisa era alegre, de alivio, y yo esperaba haber dicho las palabras adecuadas.

Cinco

Aquella noche mi hermana estaba sentada en la cama, cepillándose el cabello. Se lo cepillaba cada noche, y contaba cada pasada hasta llegar a cien. Yo no sabía por qué.

—¿Qué haces? —me preguntó.

—Me estoy mirando el pie —respondí.

Me estaba mirando la planta del pie derecho. Había una línea rosa en el centro, que iba desde la zona carnosa que hay debajo del dedo gordo hasta casi el talón, una cicatriz de cuando pisé un cristal siendo un bebé. Recuerdo que, a la mañana siguiente, me desperté en mi cuna, mirando los negros puntos que unían los bordes del corte. Es mi primer recuerdo. Ya estaba acostumbrado a aquella cicatriz rosa. Pero el agujerito que había al lado, en el arco del pie, era nuevo. Ahí era donde había sentido aquel dolor punzante, aunque ya no me dolía. No era más que un agujero.

Lo toqué con el dedo índice y me pareció que algo retrocedía y se escondía en el agujero.

Mi hermana había dejado de cepillarse el pelo y me miraba con curiosidad. Me levanté, salí de la habitación y fui hasta el baño que había al final del pasillo.

No sé por qué no fui a preguntarle a un adulto. No recuerdo haber preguntado nunca a ningún adulto, salvo que no me quedara otra. Ese año había estado hurgándome una verruga con un cortaplumas, para ver hasta dónde podía clavarlo sin hacerme daño y cómo eran las raíces de una verruga.

En el armario del baño, detrás del espejo, había unas pinzas de acero inoxidable, de las que tienen los bordes afilados, para sacar astillas de madera, y una caja de tiritas. Me senté en la parte metálica de la bañera blanca y examiné el agujero que tenía en el pie. Era un agujero normal y corriente, con los bordes suaves. No podía ver qué profundidad tenía, porque había algo en medio. Algo lo estaba bloqueando. Algo que parecía retroceder al contacto con la luz.

Cogí las pinzas y me quedé mirando. No pasó nada. Nada cambió.

Puse la yema del dedo índice sobre el agujero, para tapar la luz. A continuación, coloqué las pinzas al lado del agujero y esperé. Conté hasta cien —inspirado, quizá, por la técnica de cepillado de mi hermana—, luego aparté el dedo y clavé las pinzas en el agujero.

Cogí la cabeza del gusano, si es que era un gusano, con las pinzas, apreté y tiré.

¿Alguna vez habéis intentado sacar un gusano de un agujero? ¿Sabéis con qué fuerza se agarran? ¿Cómo se aferran con todo su cuerpo a las paredes del agujero? Logré sacarlo aproximadamente dos centímetros —era un gusano a rayas grises y rosas, y tenía pinta de estar infectado— y entonces noté una fuerte resistencia. Podía sentirlo dentro de mi carne; se estaba poniendo rígido, para que no pudiera sacarlo. No me asusté. Obviamente era algo que le podía pasar a cualquiera, como cuando *Misty*, el gato del vecino, tuvo lombrices. Yo tenía un gusano en el pie, y me lo estaba sacando.

Giré las pinzas, pensando, imagino, en los espaguetis enrollados en un tenedor, y enrollé el gusano alrededor de ellas. Intentaba escaparse, pero yo seguí enrollándolo girando las pinzas poquito a poco, hasta que ya no pude tirar más de él.

Podía sentir como intentaba agarrarse dentro de mí, como si fuera un músculo. Me incliné lo más que pude, alargué la mano izquierda y abrí el grifo del agua caliente, el que tenía un puntito rojo en el centro, y dejé correr el agua. La tuve corriendo tres o cuatro minutos hasta que empezó a salir vapor.

Con el agua bien caliente, extendí la pierna y el brazo derechos, manteniendo la presión en las pinzas y en los dos centímetros de gusano que había logrado extraer de mi cuerpo. Luego, coloqué el punto donde estaban las pinzas bajo el chorro de agua caliente. El agua salpicaba mi pie, pero tenía las plantas endurecidas de andar descalzo y no me importó demasiado. El agua me escaldaba los dedos de la mano, pero estaba preparado para aguantar el calor. El gusano no. Sentí cómo se doblaba dentro de mí, intentando apartarse del agua caliente; sentí que se aflojaba dentro del agujero. Giré las pinzas, con aire triunfal, como si estuviera a punto de deshacerme de una costra difícil, y la criatura fue saliendo de mí, oponiendo cada vez menos resistencia.

Seguí tirando, el gusano continuó aflojándose a medida que entraba en contacto con el agua caliente, y llegué hasta el final. Ya casi lo había sacado del todo —lo notaba—, pero me confié demasiado, me entu-

71

siasmé y me dejé llevar por la impaciencia, y tiré demasiado rápido, con demasiada fuerza, y el gusano se me escapó. Cuando lo saqué rezumaba por el extremo, como si lo hubiera roto en dos.

No obstante, si una parte de aquella criatura se había quedado dentro de mí, tenía que ser diminuta.

Examiné el gusano. Era gris oscuro y gris claro, con manchas rosas, y tenía el cuerpo segmentado, como una lombriz común. Ahora que ya no estaba bajo el agua caliente, parecía que empezaba a recuperarse. Se retorcía, y lo que antes estaba enrollado alrededor de las pinzas ahora colgaba y se revolvía, aunque lo tenía cogido por la cabeza (¿sería aquello la cabeza? ¿cómo iba a saberlo?).

No quería matarlo —no me gustaba matar animales, no si podía evitarlo—, pero tenía que deshacerme de él. Era peligroso, de eso no me cabía duda.

Dejé el gusano suspendido sobre el desagüe de la bañera, y se revolvió de nuevo al contacto con el agua caliente. A continuación lo solté, y vi cómo se iba desagüe abajo. Dejé correr el agua un poco más y lavé las pinzas. Por último, me puse una tirita sobre el agujero que tenía en la planta del pie y volví a poner el tapón de la bañera, para evitar que el gusano subiera por el desagüe antes de cerrar el grifo. No sabía si estaba muerto, pero imaginé que no volvería desde las cloacas.

Volví a dejar las pinzas en su sitio, detrás del espejo del baño, cerré el armario y me miré en el espejo.

Me pregunté quién era yo, algo que solía hacer a esa edad, y qué era exactamente lo que estaba mirando la cara reflejada en el espejo. Si la cara que estaba mirando no era yo, y sabía que no lo era, porque seguiría siendo yo le pasara lo que le pase a mi cara, entonces ¿qué era yo? ¿Y qué era lo que estaba mirando?

Volví a la habitación. Aquella noche me tocaba dejar la puerta abierta, y esperé a que mi hermana se durmiera para que no pudiera chivarse. Entonces, aprovechando la escasa luz que entraba por la puerta, me puse a leer un libro de *Los siete secretos* hasta que me quedé dormido.

Seis

$\mathcal{H}$e de confesar algo: de pequeño, cuando tenía tres o cuatro años, puede que fuera un monstruo. «Eras un pequeño *momzer*»,[2] me dijeron algunas de mis tías una vez alcanzada la edad adulta, cuando ya se podían rememorar mis terribles travesuras infantiles con irónico buen humor. Pero la verdad es que yo no recuerdo haber sido un monstruo, simplemente me gustaba ir a mi aire.

Los niños pequeños se creen dioses —algunos niños, al menos—, y solo se dan por contentos cuando el resto del mundo comparte su forma de ver las cosas.

Pero yo ya no era un niño pequeño. Tenía siete años. Hasta entonces no había conocido el miedo, pero últimamente me había vuelto muy asustadizo.

No me asustaba el incidente del gusano en el pie.

2. *Momzer* es un vocablo *yiddish* que significa literalmente «bastardo», pero en lenguaje coloquial se puede traducir también como «cabrón». Suena prácticamente igual que «monster» (monstruo). (*N. de la T.*)

No se lo conté a nadie. Al día siguiente, sin embargo, me pregunté si eso de tener gusanos en el pie era algo que le pasaba a todo el mundo, o si por el contrario yo era el único al que le había sucedido, en aquel lugar situado en los límites de la granja Hempstock donde el cielo era de color naranja.

Al despertar, me quité la tirita del pie y sentí un gran alivio al comprobar que el agujero había empezado a cerrarse. Había un puntito rosa donde antes estaba el agujero, como un coágulo de sangre, pero nada más.

Bajé a la cocina para desayunar. Mi madre parecía muy contenta.

—Buenas noticias, cariño. He encontrado trabajo. Necesitan a alguien para graduar la vista en la óptica Dicksons, y quieren que empiece esta misma tarde. Voy a trabajar allí cuatro días a la semana.

A mí no me importaba. Podía apañármelas bien solo.

—Y tengo otra buena noticia. Va a venir una persona a cuidaros mientras yo esté trabajando. Se llama Ursula. Se instalará en tu antigua habitación, al final de la escalera. Va a ser una especie de gobernanta. Se asegurará de que comáis como es debido y limpiará la casa; la señora Wollery no anda bien de la cadera, y me ha dicho que no podrá volver hasta dentro de unas semanas. Me quedaré mucho más tranquila sabiendo que hay alguien aquí cuando papá y yo estemos trabajando.

—No tienes dinero para pagarle —dije—. Dijiste que no tenías dinero.

—Por eso mismo he aceptado el trabajo en la óptica —replicó—. Ursula cuidará de vosotros a cambio de alojamiento y comida. Se ha tenido que trasladar aquí temporalmente, va a estar unos meses.

Me llamó por teléfono esta mañana. Sus referencias son impecables.

Confié en que fuera una mujer agradable. La gobernanta que habíamos tenido seis meses antes, Gertruda, no lo era ni mucho menos: disfrutaba gastándonos bromas pesadas a mi hermana y a mí. Nos hacía la cama al revés, por ejemplo, algo que resultaba muy frustrante. Habíamos acabado manifestándonos en el jardín con pancartas que decían: ODIAMOS A GERTRUDA y NO NOS GUSTA CÓMO GUISA GERTRUDA, y metiéndole ranitas en la cama, y al final se había vuelto a Suecia.

Cogí un libro y salí al jardín.

Era un cálido día de primavera y hacía sol. Subí por la escalera de cuerda hasta la rama más baja de la enorme haya, me senté y me puse a leer. Cuando leía, nada me daba miedo: estaba muy lejos, en el antiguo Egipto, descubriendo quién era Hathor y leyendo cómo había acechado Egipto bajo la forma de una leona. Había matado a tanta gente que las arenas de Egipto se tiñeron de rojo, y para derrotarla tuvieron que darle de beber una mezcla de cerveza, miel y somníferos, que tiñeron de rojo para que pareciera sangre, y Hathor lo bebió y se quedó dormida. Después de aquello, Ra, el padre de los dioses, la transformó en la diosa del amor, de modo que las heridas que había infligido a la gente ya solo serían heridas del corazón.

Me pregunté por qué habrían hecho eso los dioses. ¿Por qué no la habían matado sin más, cuando se presentó la ocasión?

Me encantaban los mitos. No eran historias para adultos ni tampoco para niños. Eran mucho mejor que eso. Simplemente «eran».

Las historias para adultos no tenían ningún sentido, y tardaban mucho en arrancar. Me hacían pensar que los adultos guardaban muchos secretos, secretos masónicos y míticos. ¿Por qué a los adultos no les gustaba leer las historias que hablaban de Narnia, de islas secretas, contrabandistas y peligrosos duendes?

Me estaba entrando hambre. Bajé del árbol y fui hacia la parte de atrás de la casa. Pasé por la lavandería, que olía a jabón y a moho, por la carbonera, por el retrete del patio, que estaba lleno de arañas colgantes y tenía la puerta pintada de verde hierba. Entré por la puerta de atrás, atravesé el recibidor y entré en la cocina.

Allí encontré a mi madre con una mujer a la que no había visto nunca. Cuando la vi, me dolió el corazón. Lo digo en sentido literal, no metafórico: sentí una punzada en el pecho, un dolor fugaz que enseguida cesó.

Mi hermana estaba sentada a la mesa de la cocina, comiéndose unos cereales.

La mujer era muy guapa. Su cabello tenía el color de la miel y era más o menos corto, tenía los ojos muy grandes y de color azul grisáceo y llevaba los labios pintados de rosa pálido. Era alta, incluso para ser una adulta.

—Cielo, esta es Ursula Monkton —dijo mi madre.

Yo me limité a mirarla, en silencio. Mi madre me dio un codazo.

—Hola —saludé.

—Es tímido —dijo Ursula Monkton—. Estoy segura de que en cuanto coja un poco de confianza seremos buenos amigos.

Ursula alargó una mano y acarició el cabello castaño claro de mi hermana. Esta sonrió mostrando sus mellas.

—Me caes muy bien —dijo mi hermana. Y a continuación, dirigiéndose a mí y a mi madre, añadió—: De mayor quiero ser Ursula Monkton.

Mi madre y Ursula se echaron a reír.

—Eres un encanto —dijo Ursula, y luego se volvió hacia mí—. Y tú y yo, ¿qué? ¿Somos amigos también?

Yo me limité a mirarla, tan alta y tan rubia, con su falda rosa y gris, y sentí miedo.

Su ropa no estaba andrajosa. Era solo el corte de la falda, supongo; estaba hecho adrede. Pero cuando la miré me imaginé su falda ondeando al viento, aunque en la cocina no soplaba el viento, flameando como la vela mayor de un barco, en medio de un océano solitario, bajo un cielo naranja.

No recuerdo qué fue lo que respondí, ni siquiera recuerdo si llegué a responder. Pero salí de aquella cocina, aunque seguía teniendo hambre, sin coger siquiera una manzana.

Me fui con mi libro al jardín de atrás, bajo la terraza, junto al parterre que había bajo la ventana de la salita donde veíamos la televisión, y me puse a leer, olvidándome del hambre en un Egipto poblado por dioses con cabezas de animales que se mataban unos a otros para después resucitarse.

Mi hermana salió al jardín.

—Me cae muy bien —dijo—. Es mi amiga. ¿Quieres ver lo que me ha regalado?

Mi hermana sacó un pequeño monedero gris, como el que llevaba mi madre en el bolso, con un cierre metálico en forma de mariposa. Parecía de cuero. Me pregunté si sería piel de ratón. Abrió el monedero,

79

metió los dedos dentro y sacó una moneda grande y plateada: media corona.

—¡Mira! —exclamó—. ¡Mira lo que me han dado!

Yo también quería media corona. No, quería lo que podía comprar con media corona: trucos de magia, y artículos de broma y libros y… ¡tantas cosas! Pero no quería un monedero con media corona dentro.

—Pues a mí no me gusta nada —le dije a mi hermana.

—Eso solo lo dices porque yo la he visto primero —dijo ella—. Ursula es mi amiga.

Yo no creía que Ursula Monkton fuera amiga de nadie. Quería ir a ver a Lettie Hempstock para avisarla, pero ¿qué le iba a decir? ¿Que la nueva gobernanta-niñera vestía de rosa y gris? ¿Que me miraba de forma extraña?

Deseé no haberle soltado la mano a Lettie. Ursula Monkton estaba allí por mi culpa, de eso estaba seguro, y no iba a poder deshacerme de ella tirándola por el desagüe, ni metiéndole ranas en la cama.

Tendría que haberme ido en ese mismo momento, tendría que haber huido, salir corriendo hacia la granja Hempstock, pero no lo hice, y en ese instante llegó un taxi que se llevó a mi madre a la óptica Dicksons, donde se pasaría el día haciendo que la gente leyera letras a través de unas lentes para ayudarles a ver mejor, mientras yo me quedaba allí a merced de Ursula Monkton.

Salió al jardín con una bandeja de sándwiches.

—He estado hablando con vuestra madre —dijo, sonriendo con dulzura— y mientras yo esté aquí, tendréis que limitar vuestras excursiones. Podéis ir a cualquier parte de la casa o el jardín o, si queréis, os puedo acompañar a casa de algún amigo, pero no podéis salir de la parcela y deambular por ahí.

—Entendido —dijo mi hermana.

Yo no dije nada.

Mi hermana se comió un sándwich de mantequilla de cacahuete.

Yo estaba muerto de hambre. Me pregunté si sería peligroso comerse uno de esos sándwiches. No estaba seguro. Tenía miedo de que, al comerme uno, la tripa se me llenara de gusanos que se retorcerían dentro de mí y colonizarían todo mi cuerpo, y al final atravesarían mi piel.

Volví a entrar en la casa. Abrí la puerta de la cocina. Ursula Monkton no estaba allí. Me llené de fruta los bolsillos —manzanas, naranjas y unas peras marrones y duras—, cogí tres plátanos, los escondí debajo de mi jersey y salí corriendo hacia mi laboratorio.

Mi laboratorio —así era como yo lo llamaba— era un cobertizo pintado de verde que estaba en el extremo más alejado de la casa, pegado a la pared del viejo y enorme garaje. Al lado había una higuera, aunque nunca habíamos probado esos higos porque no llegaban a madurar; solo habíamos visto sus inmensas hojas y los frutos verdes. Decía que el cobertizo era mi laboratorio porque allí era donde guardaba mi juego de química: un juego de química, el consabido regalo de cumpleaños, que mi padre había desterrado de la casa después de un experimento que hice en un tubo de ensayo. Había mezclado a voleo varias cosas y las había calentado hasta que empezaron a desbordarse y se volvieron negras, despidiendo un pestazo a amoniaco que luego no había manera de eliminar. Mi padre me había dicho que no le importaba que hiciera experimentos (aun-

81

que ninguno de los dos sabíamos qué clase de experimento era ese, pero daba igual; a mi madre también le habían regalado juegos de química de pequeña y ¿ves qué bien le han venido?), pero prefería que los hiciera fuera del alcance de su nariz.

Me comí un plátano y una pera, y luego escondí el resto de la fruta bajo la mesa de madera.

Los adultos siguen caminos. Los niños exploran. A los adultos les gusta recorrer siempre el mismo camino, cientos de veces, o miles; puede que nunca se les ocurra salirse de su ruta, arrastrarse bajo los rododendros, encontrar huecos en las vallas. Yo era un niño, lo que significaba que conocía mil y una maneras de salir a la carretera sin pisar siquiera el sendero que llevaba hasta la puerta. Decidí que saldría a gatas del laboratorio, pegado al muro, hasta llegar a las azaleas y los laureles que bordeaban el jardín. Y desde los laureles, ya solo tenía que bajar por el terraplén y saltar la oxidada valla que nos separaba de la carretera.

Nadie me veía. Eché a correr, luego seguí gateando y llegué hasta los laureles. Bajé por el terraplén, abriéndome camino entre las zarzas y las ortigas que no estaban ahí la última vez que pasé.

Ursula Monkton me esperaba al final de la cuesta, justo delante de la oxidada valla. Era imposible que hubiera llegado hasta allí sin que yo la viera, pero ahí estaba. Se cruzó de brazos y me miró, y una ráfaga de viento agitó su falda rosa y gris.

—Creo haberte dicho que no podías salir de la parcela.

—Y no he salido —dije, con una chulería totalmente impostada—. Esto es la parcela. Solo estoy explorando.

—Te estás escabullendo —dijo Ursula.

Me quedé callado.

—Creo que deberías irte a tu habitación, así sabré dónde estás. Es la hora de la siesta.

Era demasiado mayor para echarme la siesta, pero sabía que era demasiado pequeño para discutir y, en cualquier caso, era demasiado pequeño para ganar la discusión.

—Vale —dije.

—Nada de «vale», debes decir «sí, señorita Monkton». O señora. Di: «sí, señora».

Ursula me miró con sus ojos de color azul grisáceo, que me recordaron aquellos dos agujeros en la lona, y que en ese momento no me parecían bonitos en absoluto.

—Sí, señora —dije, odiándome por ello.

Subimos la cuesta juntos.

—Tus padres ya no se pueden permitir algo como esto —dijo Ursula Monkton—. Y no se pueden permitir lo que cuesta mantenerlo. No tardarán en darse cuenta de que la única manera de resolver sus problemas financieros es vender a una inmobiliaria la casa y la parcela. Después, todo esto —y «esto» incluía las zarzas y la maleza que había más allá del jardín— serán una docena de casas idénticas con jardín. Si tienes suerte, acabarás viviendo en una de ellas. Y si no, tendrás que conformarte con envidiar a la gente que viva en ellas. ¿Te gustaría eso?

A mí me encantaba aquella casa, y el jardín. Me encantaba ese aspecto un poco destartalado que tenía y todos aquellos rincones y recovecos. Amaba ese lugar como si formara parte de mí, y quizás, en cierto modo, fuera así.

—¿Quién eres? —le pregunté.

—Ursula Monkton. Soy la gobernanta.

—¿Quién eres de verdad? ¿Por qué le estás dando dinero a la gente?

—Todo el mundo quiere dinero —dijo, como si fuera algo obvio—. Les hace felices. También podría hacerte feliz a ti, si quisieras.

Habíamos salido junto al montón de hierba cortada, detrás del círculo de hierba que nosotros denominábamos el círculo de las hadas: a veces, cuando llovía, se llenaba de setas venenosas de color amarillo chillón.

—Vamos —dijo—. Vete a tu habitación.

Eché a correr. Atravesé corriendo lo más deprisa que pude el círculo de las hadas, el prado, pasé a toda velocidad por delante de los rosales, la carbonera y entré en la casa.

Ursula Monkton me estaba esperando en el umbral de la puerta de atrás, pero era imposible que me hubiera adelantado. Su peinado estaba impecable, y parecía que se acababa de retocar los labios.

—He estado dentro de ti —dijo—, así que te voy a dar un consejo. Si vas por ahí contando todo esto, nadie te va a creer. Y, como he estado dentro de ti, me enteraré. Y puedo hacer que no vuelvas a decir absolutamente nada que yo no quiera que digas, nunca más.

Subí a mi habitación y me tumbé en la cama. Me dolía la planta del pie en el punto donde había estado el agujero, y me volvía a doler el pecho también. Me evadí mentalmente, enfrascándome en la lectura de un libro. Así era como me escapaba cuando la vida real se me hacía muy cuesta arriba o demasiado inflexible. Saqué unos cuantos libros viejos de mi madre, de cuando era niña, y me puse a leer las aventuras de unas colegialas de los años treinta y cuarenta. En sus aventuras tenían que vérselas con contrabandistas, espías, quintacolumnistas o lo que fueran, y las chicas eran siempre muy valientes y siempre sabían exactamente qué hacer. Yo no era valiente, y no tenía ni idea de qué podía hacer.

Nunca en mi vida me había sentido tan solo.

Me pregunté si las Hempstock tendrían teléfono. Parecía poco probable, pero no era imposible; quizá fue la señora Hempstock quien avisó a la policía de la presencia del Mini abandonado. La guía telefónica estaba abajo, pero me sabía el número del servicio de información telefónica, y solo tenía que pedirles el número de alguien que se llamaba Hempstock y vivía en la granja Hempstock. Había un teléfono en la habitación de mis padres.

Me levanté de la cama y me asomé por la puerta. No había nadie en el rellano del segundo piso. Con mucho sigilo y rapidez, entré en la habitación contigua. Las paredes eran de color rosa pálido, y la cama de mis padres tenía una colcha con un estampado de flores enormes. Había una puerta de cristal que daba a la terraza que recorría todo el lateral de la casa. Había un teléfono de color crema en la mesilla de noche, también de color crema y con adornos dorados. Lo descolgué, vi que daba señal y marqué el número de información, sin sacar el dedo de los agujeros del dial para no hacer ruido, primero el uno, luego el dos, y esperé a que la operadora contestara para preguntarle el número de la granja Hempstock. Tenía un lápiz y un libro azul encuadernado en tela titulado *Pansy salva el colegio*, para anotar el número.

La operadora no respondía. Seguí escuchando el tono de llamada y, por encima, oí la voz de Ursula Monkton diciendo:

—A un niño bien educado no se le pasaría por la cabeza llamar por teléfono a escondidas, ¿verdad?

No dije nada, aunque estoy seguro de que podía oírme respirar. Colgué el teléfono y regresé a la habitación que compartía con mi hermana.

Me senté en mi cama y me quedé mirando por la ventana. Mi cama estaba completamente pegada a la pared, justo debajo de la ventana. Me encantaba dormir con la ventana abierta. Las noches lluviosas eran las que más me gustaban: abría la ventana, me recostaba en la almohada y cerraba los ojos para sentir el viento y la lluvia en la cara mientras escuchaba el rumor de los árboles. Algunas gotas de lluvia caían directamente en mi cara, si tenía suerte, y yo imaginaba que surcaba el océano en mi barco, mecido por las olas. No imaginaba que era un pirata, ni me dirigía hacia ningún lugar concreto. Simplemente navegaba a bordo de mi propio barco.

Pero ahora no estaba lloviendo, y no era de noche. Lo único que veía desde mi ventana eran los árboles, las nubes y la línea púrpura del lejano horizonte.

Tenía un alijo de chocolatinas de emergencia escondidas debajo del muñeco de Batman que me habían dado por mi cumpleaños, y me las comí. Mientras comía me puse a pensar en el momento en que había soltado la mano de Lettie Hempstock para coger aquella pelota de trapos putrefactos, y recordé el punzante dolor en el pie que había sentido a continuación.

«Yo la he traído hasta aquí», pensé, y sabía que era verdad.

Ursula Monkton no era real. Era una máscara de cartón tras la cual se ocultaba aquella cosa que se había metido dentro de mí en forma de gusano, aquella cosa que flameaba al viento en mitad del campo bajo el cielo naranja.

Retomé la lectura de *Pansy salva el colegio*. Unos espías, profesores del colegio que se ocupaban además del suministro de verduras, estaban pasando al enemigo los planos de la base aérea contigua a la escuela: los planos iban escondidos dentro de unos calabacines a los que les habían sacado la pulpa.

—¡Cielo santo! —exclamó el inspector Davidson, de la célebre Brigada de Contrabandistas y Espías Secretos (BCES) de Scotland Yard—. ¡Es el último lugar donde se nos habría ocurrido buscar!

—Creo que te debemos una disculpa, Pansy —dijo la severa directora, con una sonrisa inusitadamente cálida y un brillo en los ojos que le indujo a pensar que quizá la había juzgado mal a lo largo del curso—. ¡Has salvado la reputación del colegio! Pero antes de que se te suba el éxito a la cabeza... ¿no deberías estar repasando las conjugaciones para *madame la professeur*?

Me alegraba por Pansy, en algún lugar de mi cabeza, por más que el resto de ella estuviera invadida por el miedo. Esperé a que mis padres regresaran a casa. Les contaría lo que estaba pasando. Se lo contaría todo. Y ellos me creerían.

En aquella época, mi padre trabajaba en una oficina que estaba a una hora en coche. Yo no sabía muy bien a qué se dedicaba. Tenía una secretaria muy guapa y simpática que tenía un caniche de juguete y, cuando sabía que íbamos a ir a ver a papá, se lo llevaba a la oficina para que jugáramos con él. A veces pasábamos por delante de algún edificio y mi padre decía: «Ese es uno de los nuestros». Pero a mí no me interesaban los edificios, así que nunca le pregunté qué quería decir eso de que era nuestro, ni siquiera a quién se refería ese «nuestros».

Seguí tumbado en la cama, leyendo un libro tras otro, hasta que Ursula Monkton apareció en la puerta y me dijo:

—Ya puedes bajar.

Mi hermana estaba abajo viendo la televisión, en la salita. Estaba viendo un programa titulado *¿Cómo?*, un espacio de divulgación que enseñaba a los niños cómo funcionan las cosas. Al principio salían los presentadores con tocados indios diciendo: «Jau», y profiriendo ridículos gritos de guerra.

Yo quería cambiar a la BBC, pero mi hermana me miró con aire triunfal y dijo:

—Ursula dice que puedo ver lo que yo quiera, y que tú no puedes cambiar de canal.

Me quedé allí sentado un rato, viendo a un hombre con bigote que enseñaba a todos los niños de Inglaterra cómo colocar una mosca en un sedal.

—Es mala.

—A mí me cae bien. Y es muy guapa.

Mi madre llegó cinco minutos más tarde, nos saludó desde el pasillo y se fue directamente a la cocina para hablar con Ursula Monkton. Luego regresó:

—La cena estará lista en cuanto llegue papá. Lavaos las manos.

Mi hermana fue arriba a lavarse las manos.

—No me gusta nada —le dije a mi madre—. ¿La vas a echar?

Mi madre suspiró.

—No vais a empezar otra vez como con Gertruda, cielo. Ursula es una chica muy agradable, es de muy buena familia. Y te aseguro que os adora a los dos.

Llegó mi padre y nos sentamos a cenar. Una espesa sopa de verduras, seguida de pollo asado con patatas nuevas y guisantes congelados. Me encantaba todo lo que había en la mesa. Pero no probé bocado.

—No tengo hambre —me excusé.

—No quiero ser acusica —dijo Ursula Monkton—, pero alguien ha salido de su habitación con la cara y las manos manchados de chocolate.

—Preferiría que no comieras esas porquerías —gruñó mi padre.

—No tiene ningún alimento, es todo azúcar refinado. Te quita el apetito y además hace que se te piquen los dientes —dijo mi madre.

Tenía miedo de que me obligaran a comer, pero no lo hicieron. Me quedé allí sentado, muerto de hambre, mientras Ursula le reía todos los chistes a mi padre. Me dio la impresión de que los hacía especialmente para ella.

Después de cenar, nos sentamos todos a ver *Misión imposible*. Normalmente me lo pasaba muy bien con *Misión imposible*, pero esa noche me puso muy nervioso, porque los personajes se pasaron todo el capítulo quitándose las caras para dejar al descubierto sus verdaderos rostros. Llevaban máscaras de goma, y los que se escondían tras ellas eran los héroes, pero ¿qué pasaría si Ursula Monkton se quitara la cara, cómo sería su verdadero rostro?

Nos fuimos a la cama. Aquella noche le tocaba a mi hermana y la puerta de la habitación estaba cerrada. Echaba de menos la luz del pasillo. Me quedé tumbado en la cama con la ventana abierta, completamente despierto, escuchando los ruidos que hace una casa vieja al final de una larga jornada, y pedí deseos con todas mis fuerzas, con la esperanza de que se cumplieran.

Deseé que mis padres mandaran a Ursula Monkton a hacer algún recado lejos de casa, y así yo podría ir a la granja Hempstock y contarle a Lettie lo que había hecho, y ella me entendería y lo arreglaría todo.

No podía dormir. Mi hermana se había dormido ya. Por lo visto podía dormirse a voluntad, un don del que yo carecía y por el cual la envidiaba.

Salí de la habitación.

Merodeé por la planta de arriba, escuchando el ruido de la televisión que venía de abajo. Luego, con los pies descalzos para no hacer ruido, bajé por las escaleras y me senté en el tercer escalón empezando por abajo. La puerta del cuarto de la tele estaba entornada, y sabía que si bajaba otro escalón el que estuviera en la salita podría verme. Así que me quedé allí esperando.

Podía oír las voces de la televisión, interrumpidas de vez en cuando por risas enlatadas.

Luego, por encima del sonido de la televisión, oí a los adultos hablar.

Ursula Monkton dijo:

—¿Su esposa sale todas las noches?

Mi padre respondió:

—No. Ha tenido que volver esta noche para preparar lo de mañana. Pero a partir de mañana solo tendrá que ir una vez a la semana. Está recogiendo fondos para África, en el salón municipal. Para excavar pozos y para anticonceptivos, creo.

—Vaya —dijo Ursula—. No creo que yo corra el riesgo de necesitar eso.

Se rio; era una risa aguda y cantarina, que sonaba simpática y sincera y no a andrajos ondeando al viento. Luego dijo:

—Estos diablillos…

Un segundo después se abrió la puerta de la salita de par en par, y Ursula Monkton me miró fijamente desde el umbral. Se había retocado el maquillaje, sus labios rosa pálido y sus largas pestañas.

—Vete a la cama —dijo—. Ahora mismo.

—Quiero hablar con mi padre —dije, sin la menor esperanza.

Ursula no dijo nada; se limitó a sonreír, pero era una sonrisa fría, nada cariñosa, y volví a subir a mi habitación, me metí en la cama y me quedé tumbado en la oscuridad hasta que me di por vencido y renuncié a dormir; entonces, cuando ya no lo esperaba, el sueño me envolvió, y me quedé dormido, pero no descansé.

Siete

*E*l día siguiente fue malo.

Mi padre y mi madre habían salido ya de casa cuando me levanté.

Hacía frío, y el cielo tenía un deprimente tono gris sin encanto alguno. Salí por la habitación de mis padres a la terraza que recorría todo el lateral de su dormitorio y del que yo compartía con mi hermana, y me quedé allí suplicándole al cielo que Ursula Monkton se hubiera cansado de su juego, y que no tuviera que volver a verla jamás.

Ursula Monkton me estaba esperando al final de las escaleras cuando bajé.

—Seguimos con las mismas normas de ayer, zascandil —dijo—. No puedes salir de la parcela. Si lo intentas, te encerraré en tu cuarto y cuando vuelvan tus padres les diré que has hecho algo repugnante.

—No te creerán.

Ursula sonrió con dulzura.

—¿Estás seguro? ¿Y si les digo que te has sacado la colita y te has hecho pis en el suelo de la cocina, y que he tenido que fregarlo con lejía? Yo creo que sí me van a creer. Puedo ser muy convincente.

Salí de la casa y me fui a mi laboratorio. Me comí toda la fruta que había escondido allí el día anterior. Me puse a leer *Sandie triunfa*, otro de los libros de mi madre. Sandie era una colegiala valiente pero pobre que acababa por error en un colegio pijo, donde todos la odiaban. Al final, Sandie descubría que la profesora de geografía era en realidad una bolchevique, que tenía atada y amordazada a la verdadera profesora. La historia llegaba a su clímax en la asamblea escolar, cuando la intrépida Sandie se ponía en pie y soltaba un discurso que empezaba: «Sé que yo no debería estar en este colegio. Estoy aquí por un error burocrático que hizo que enviaran a Sandy, con "Y", al instituto público. Pero tengo que agradecerle a la providencia que me haya traído hasta aquí, porque la señorita Sterling no es quien dice ser».

Al final, Sandie lograba ser aceptada por los que antes la odiaban.

Mi padre llegó pronto de trabajar. Hacía mucho tiempo que no le veía llegar tan temprano.

Quería hablar con él, pero nunca estaba solo.

Los observé desde la rama del haya.

Primero le enseñó los jardines a Ursula Monkton, mostrándole orgulloso los rosales y los grosselleros, los cerezos y las azaleas, como si él tuviera algo que ver con ellos, como si no hubiera sido el señor Wollery quien los había plantado y cuidado durante los últimos cincuenta años antes siquiera de que compráramos la casa.

Ursula reía todos sus chistes. No podía oír lo que decía mi padre, pero vi aquella media sonrisa que se le ponía cuando sabía que estaba diciendo algo gracioso.

Ursula se acercaba demasiado a él. A veces mi padre le ponía la mano en el hombro, con confianza. Me preocupaba que estuviera tan cerca de ella. Mi padre no sabía quién era en realidad. Era un monstruo, y él pensaba que era una mujer normal y corriente, y estaba siendo amable con ella. Ursula se había cambiado de ropa: una falda gris por debajo de la rodilla y una blusa rosa.

En cualquier otra circunstancia, si hubiera visto a mi padre paseando por el jardín habría corrido a su encuentro. Pero ese día no. Tenía miedo de que se enfadara, o de que Ursula Monkton dijera algo que hiciera que se enfadara conmigo.

Me daba mucho miedo cuando se enfadaba. Su cara (angulosa y de naturaleza afable) se enrojecía, y empezaba a dar voces; gritaba con tal fuerza y ferocidad que, literalmente, me quedaba paralizado. No podía ni pensar.

Nunca me pegaba. No era partidario de los azotes. Nos contó que su padre le pegaba, y que su madre lo perseguía a escobazos, y decía que él quería hacerlo mejor. A veces, cuando se enfadaba conmigo hasta el punto de gritarme me recordaba que él no me pegaba, como si esperase que se lo agradeciera. En las historias de colegios que leía, cuando uno se portaba mal le pegaban con la regla o con la zapatilla, y luego todo quedaba perdonado y olvidado, y a veces envidiaba la simplicidad de las vidas que llevaban esos niños ficticios.

No quería acercarme a Ursula Monkton: no quería arriesgarme a que mi padre se enfadara conmigo.

Me pregunté si sería un buen momento para intentar escaparme, para llegar a la carretera, pero estaba seguro de que si lo hacía acabaría encontrándome con los furibundos rostros de mi padre y de Ursula Monkton, toda belleza y arrogancia.

95

Así que me limité a observarles desde la inmensa rama del haya. Cuando fueron hacia las azaleas y los perdí de vista, bajé por la escalera de cuerda, entré en la casa, subí hasta la terraza y seguí observándoles desde allí. Era un día gris, pero había azaleas de color amarillo claro por todas partes, y un montón de narcisos, con sus trompetas de color naranja oscuro y los pétalos exteriores de color más claro. Mi padre cogió unos narcisos y se los entregó a Ursula Monkton, que se rio, le dijo algo y le hizo una reverencia. Mi padre respondió con una inclinación de cabeza y dijo algo que la hizo reír. Supuse que se habría ofrecido a ser su caballero de la brillante armadura o algo así.

Quería gritar, para advertirle de que le estaba regalando flores a un monstruo, pero no lo hice. Me quedé sentado en la terraza, observando, y ellos no alzaron la vista ni me vieron allí.

Según había leído en mi libro de mitología griega, los narcisos se llamaban así por un apuesto joven, tan guapo que había acabado enamorándose de sí mismo. Se vio reflejado en el agua de un estanque, y no podía dejar de mirarse, así que al final murió y los dioses se vieron obligados a transformarlo en una flor. Después de leer aquello imaginé que el narciso debía de ser la flor más bonita del mundo. Me llevé una decepción cuando supe que era como una azucena, solo que menos vistosa.

Mi hermana salió de la casa y se fue hacia ellos. Mi padre la cogió en brazos y la lanzó hacia arriba. Entraron los tres en la casa, mi padre con mi hermana abrazada a su cuello y Ursula Monkton con los brazos llenos de flores amarillas y blancas. Los observé. Vi cómo la mano de mi padre, la que tenía libre, se deslizaba hasta la curva del trasero de Ursula Monkton, con naturalidad, con mucha familiaridad.

Ahora lo interpretaría de otra forma, pero en aquella época no le di importancia. Solo tenía siete años.

Entré en mi habitación por la ventana, pues desde la terraza resultaba muy fácil, y me tumbé en la cama a leer un libro sobre una chica que decidía quedarse en las islas del Canal y plantar cara a los nazis porque no estaba dispuesta a abandonar a su poni.

Y mientras leía, pensaba: «Ursula Monkton no puede tenerme aquí encerrado para siempre. En un par de días o tres, como mucho, alguien me llevará al pueblo, o a algún lugar lejos de aquí, y entonces podré ir a la granja del final de la carretera, y contarle a Lettie Hempstock lo que hice».

Entonces pensé: «¿Y si Ursula no necesita más que un par de días?». Y eso me asustó.

Aquella noche Ursula Monkton había preparado un pastel de carne para cenar, y yo no quería comer. Estaba decidido a no comer nada que ella hubiera preparado o tocado. A mi padre no le hizo ninguna gracia.

—Pero es que no quiero comer —le dije—. No tengo hambre.

Era miércoles, y mi madre estaba en el evento de recaudación de fondos en el salón municipal del pueblo de al lado para que los africanos que no tenían agua pudieran excavar pozos. Se había llevado unos pósters, diagramas de los pozos y fotografías de gente sonriendo. Sentados a la mesa estábamos mi hermana, mi padre, Ursula Monkton y yo.

—Tienes que comer, y está muy bueno —dijo mi padre—. Y en esta casa no tiramos la comida.

—Ya te he dicho que no tengo hambre.

Era mentira. Tenía tanta hambre que me dolía la tripa.

—Entonces come solo un poquito —dijo—. Es tu comida favorita. Pastel de carne con salsa y puré de patatas. Si te encanta.

Había una mesa para los niños en la cocina, allí era donde comíamos mi hermana y yo cuando mis padres tenían invitados, o cuando pensaban cenar tarde. Pero aquella noche cenábamos en la mesa de los mayores. Yo prefería la de los niños. Allí me sentía invisible. Nadie me observaba mientras comía.

Ursula Monkton estaba sentada al lado de mi padre y me miraba fijamente, con una sonrisa casi imperceptible.

Yo sabía que lo mejor que podía hacer era callarme, o hablar lo menos posible. Pero no pude contenerme. Tenía que decirle a mi padre por qué no quería comer.

—No pienso comer nada que haya preparado ella —le dije—. No me gusta.

—Tú te comerás lo que tienes en el plato —dijo mi padre—. Como mínimo, pruébalo. Y pídele disculpas a la señorita Monkton.

—Ni hablar.

—No hace falta —terció Ursula Monkton en tono comprensivo, y me miró y esbozó una sonrisa.

No creo que las otras dos personas que estaban sentadas a la mesa se percataran de la ironía que había en su sonrisa, ni de que la expresión de su cara no era ni mucho menos comprensiva, como tampoco lo era su sonrisa, ni aquellos ojos de trapo podrido.

—Sí que hace falta —dijo mi padre. Había elevado el tono solo un poco, y tenía la cara levemente enrojecida—. No pienso tolerar que te haga un feo, Ursula.

—Luego, volviéndose hacia mí, continuó—: Dame una buena razón, solo una, para no disculparte con Ursula y comerte la deliciosa cena que nos ha preparado.

Yo no sabía mentir. Así que se lo dije.

—Porque no es humana —dije—. Es un monstruo. Es...

¿Cómo llamaban las Hempstock a esas criaturas?

—Es una pulga.

Las mejillas de mi padre tenían ahora un color rojo intenso, y tenía los labios apretados.

—Vamos fuera. Al pasillo. Ya.

Se me cayó el alma a los pies. Me bajé del taburete y salí con él al pasillo. Estaba oscuro: la única luz que había era la que entraba a través del cristal que había encima de la puerta de la cocina. Mi padre me miró.

—Vas a volver a entrar en esa cocina. Te disculparás con la señorita Monkton. Te terminarás la cena, y luego, sin decir una palabra y con mucha educación, subirás a tu habitación y te meterás en la cama.

—No —repliqué—. No pienso hacerlo.

Salí corriendo por el pasillo, doblé la esquina y subí como una flecha por la escalera. Estaba seguro de que mi padre vendría tras de mí. Era el doble de grande que yo, y muy rápido, pero la distancia que tenía que recorrer no era muy larga. En aquella casa solo había una puerta que pudiera cerrar con cerrojo, y hacia allí me dirigía; solo tenía que girar a la izquierda al llegar arriba y luego ir hasta el final del pasillo. Llegué al cuarto de baño antes que mi padre, cerré de un portazo y corrí el cerrojillo plateado.

Mi padre no había salido detrás de mí. Quizá le pareció que salir corriendo detrás de un niño sería rebajarse demasiado. Pero al cabo de unos minutos

99

le oí golpear la puerta con fuerza, y a continuación le oí decir:

—Abre.

Me quedé callado. Estaba sentado sobre la funda de felpa del retrete, y en ese momento odiaba a mi padre casi tanto como a Ursula Monkton.

Golpeó la puerta de nuevo, esta vez con más fuerza.

—Si no abres la puerta —dijo, elevando el tono de voz lo suficiente como para asegurarse de que podía oírle—, la echaré abajo.

¿Podía hacer eso? No lo sabía. Había echado el cerrojo. Los cerrojos servían para impedir que la gente entrara. Si la puerta está cerrada con cerrojo es porque hay alguien dentro, y si uno quiere entrar sacude la puerta, y al ver que no se abre, dice «¡Perdón!», o grita «¿Vas a tardar mucho?» y...

La puerta se abrió de golpe. El cerrojillo plateado quedó colgando de la jamba, torcido y roto, y vi a mi padre en el umbral, ocupando todo el espacio, con los ojos desorbitados y blancos y las mejillas ardiéndole de rabia.

—Muy bien —dijo.

Fue todo cuanto dijo, pero me agarró del antebrazo izquierdo con firmeza. Me pregunté qué iba a hacer. ¿Acabaría pegándome? ¿Me mandaría a mi habitación? ¿O me gritaría de tal forma que desearía estar muerto?

No hizo nada de eso.

Me arrastró hasta la bañera. Se agachó, y colocó el tapón en el desagüe. Luego abrió el grifo del agua fría. El agua empezó a correr con fuerza, salpicando el esmalte blanco y, poco a poco, fue llenando la bañera.

El agua hacía mucho ruido.

Mi padre se volvió hacia la puerta abierta.

—Yo me ocuparé de esto —le dijo a Ursula Monkton.

Estaba en la puerta del baño, con mi hermana cogida de la mano, y parecía amable y preocupada, pero en sus ojos había un brillo triunfal.

—Cierra la puerta —le ordenó mi padre.

Mi hermana empezó a lloriquear, pero Ursula Monkton cerró la puerta, como pudo, porque una de las bisagras se había salido de su sitio y el cerrojo impedía que se cerrara del todo.

Nos quedamos solos mi padre y yo. Sus mejillas habían pasado del rojo al blanco, y tenía los labios apretados, y yo no sabía qué era lo que iba a hacer, ni por qué estaba llenando la bañera, pero tenía miedo, mucho miedo.

—Me disculparé —dije—. Le diré que lo siento mucho. No hablaba en serio. No es ningún monstruo. Es… es muy guapa.

Mi padre no dijo nada. La bañera estaba llena, y cerró el grifo del agua fría.

Luego, con un movimiento rápido, tiró de mí. Puso sus enormes manos bajo mis axilas, y me levantó sin la menor dificultad, haciéndome sentir ligero como una pluma.

Lo miré, miré la expresión resuelta que había en su cara. Se había quitado la chaqueta antes de subir. Llevaba una camisa de color azul claro y una corbata granate estampada de cachemir. Se quitó el reloj, que tenía una correa extensible, y lo dejó en el alféizar de la ventana.

Entonces supe lo que iba a hacer, y empecé a patalear y a agitar los brazos, pero no me sirvió de nada y mi padre me sumergió en el agua fría.

Yo estaba horrorizado, pero al principio no era más que el susto ante un hecho que no seguía las pautas habituales. Estaba completamente vestido. Eso no estaba bien. Llevaba puestas las sandalias. Aquello no estaba bien. El agua del baño estaba fría, muy fría, y aquello no estaba nada bien. Eso era lo que pensaba al principio, pero cuando me hundió en el agua, y siguió empujando hasta que mi cabeza y mis hombros estuvieron sumergidos en el agua helada, el horror adquirió otras proporciones. Pensé: «Me voy a morir».

Y, con ese pensamiento en mente, estaba decidido a vivir.

Agité los brazos, buscando algo a lo que agarrarme, pero no había nada, solo las resbaladizas paredes de la bañera en la que me había bañado los últimos dos años. (Había leído muchos libros en aquella bañera. Era uno de mis lugares seguros. Y ahora iba a morir ahí, estaba seguro de ello.)

Abrí los ojos, bajo el agua, y vi algo colgando justo delante de mi cara: mi oportunidad de salvar la vida, y me agarré con las dos manos: era la corbata de mi padre.

Me agarré con fuerza, intentando impulsarme hacia arriba mientras mi padre me empujaba hacia abajo, pero me agarré con todas mis fuerzas, intentando sacar la cara del agua helada; me agarré a su corbata con tal fuerza que mi padre no podía seguir hundiéndome sin caerse a la bañera.

Había logrado sacar la cara del agua, y me agarré a la corbata con los dientes, justo por debajo del nudo.

Forcejeamos, yo estaba empapado y me producía cierto placer saber que él lo estaba también, tenía la camisa pegada a su inmenso cuerpo.

Volvió a hundirme, pero el miedo a morir nos da

fuerza: me agarré a su corbata con las manos y los dientes de tal modo; que solo pegándome podría haberme soltado.

Mi padre no me pegó.

Se enderezó y pude salir del agua; estaba empapado y furioso, tosía, lloraba y estaba muy asustado. Dejé de morder su corbata pero seguí agarrándola con ambas manos.

—Me has destrozado la corbata. Suelta —dijo. El nudo estaba tan apretado que tenía el tamaño de un guisante, y el resto estaba empapado—. Deberías alegrarte de que tu madre no esté aquí.

Le solté, y me desplomé en el encharcado suelo de linóleo. Retrocedí un paso, hacia el retrete. Mi padre me miró.

—Vete a tu habitación. No quiero volver a verte esta noche.

Me fui a mi habitación.

Ocho

Tiritaba como un descosido; estaba calado y tenía frío, mucho frío. Sentía como si me hubieran robado todo el calor. La ropa mojada se pegaba a mi cuerpo y el agua fría goteaba sobre el suelo. A cada paso que daba, mis sandalias chapoteaban haciendo un ruido cómico y el agua rezumaba por los agujeritos en forma de rombo de la parte delantera.

Me quité la ropa mojada y la dejé al lado de la chimenea, en el suelo, donde el agua que se escurría de ella empezó a formar un charco. Cogí la caja de cerillas que había sobre la repisa, abrí la llave del gas y encendí la chimenea.

(Ahora estoy contemplando el estanque, recordando cosas que resultan difíciles de creer. ¿Por qué lo más difícil de creer para mí es que una niña de cinco años y un niño de siete tuvieran una chimenea de gas en su habitación?)

No había toallas en la habitación, y me quedé allí de pie, mojado, sin saber cómo secarme. Cogí la fina colcha que cubría mi cama, me sequé con ella y me puse el pijama. Era de nailon rojo, brillante y con rayas, y tenía una quemadura con los bordes plastificados en la manga izquierda, de una vez que me acerqué demasiado al fuego de la chimenea y se me prendió el pijama, aunque por suerte no llegué a quemarme el brazo.

Colgada detrás de la puerta había una bata que casi nunca usaba y que proyectaba pesadillescas sombras sobre la pared cuando la luz del pasillo estaba encendida y la puerta abierta. Me la puse también.

Se abrió la puerta y entró mi hermana, que venía a coger su camisón de debajo de la almohada.

—Te has portado tan mal que ni siquiera me dejan estar contigo en la habitación. Esta noche voy a dormir en la habitación de papá y mamá. Y papá dice que puedo ver la televisión.

Había un viejo televisor que casi nunca se encendía dentro de un mueble de madera en el rincón del dormitorio de mis padres. El asa vertical no era muy fiable, y la imagen en blanco y negro tendía a distorsionarse mucho: las cabezas de la gente desaparecían por la zona inferior de la pantalla, mientras que sus pies descendían lentamente desde arriba.

—Y a mí qué me importa —le dije.

—Papá dice que le has destrozado la corbata. Y está empapado —dijo mi hermana, en tono satisfecho.

Ursula Monkton se presentó en la puerta de la habitación.

—No nos hablamos con él —le dijo a mi hermana—. No le hablaremos hasta que se le permita volver a formar parte de la familia.

Mi hermana se marchó y se fue a la habitación de al lado, la de mis padres.

—Tú no eres de mi familia —le dije a Ursula Monkton—. Cuando vuelva mamá, le contaré lo que me ha hecho papá.

—Todavía tardará un par de horas en volver —replicó Ursula Monkton—. Nada de lo que puedas contarle te servirá para nada. Siempre respalda a tu padre en todo lo que hace, ¿verdad?

Era cierto. Siempre presentaban un único frente.

—No me provoques —dijo Ursula Monkton—. Tengo cosas que hacer aquí, y tú no haces más que cruzarte en mi camino. La próxima vez será mucho peor. La próxima vez, te encerraré en el desván.

—No te tengo miedo —le dije.

Le tenía miedo, mucho más miedo que a cualquier otra cosa.

—Hace calor aquí —me dijo, sonriendo.

Se acercó a la chimenea, cerró la llave del gas y cogió la caja de cerillas de la repisa.

—No eres más que una pulga —le dije.

Dejó de sonreír. Alargó la mano y cogió la llave que había sobre el dintel de la puerta, lejos del alcance de los niños. Salió de la habitación y cerró la puerta. Oí el ruido de la llave al girar, y el clic de la cerradura.

Oí el sonido de la televisión en la habitación de al lado. Oí cómo se cerraba la puerta del pasillo, dejando aquellos dos dormitorios aislados del resto de la casa, y sabía que Ursula Monkton se iría al piso de abajo. Me fui hacia la puerta y miré por el ojo de la cerradura. Había leído en un libro que se podía recuperar la llave del otro lado pasando una hoja de papel por debajo de la puerta y metiendo un lápiz en el ojo de la cerradura para hacer que cayera en la hoja, de ese modo podría escaparme... Pero la llave no estaba allí.

Me eché a llorar, todavía helado y húmedo; lloré de rabia y de miedo, lloré con la tranquilidad de saber que nadie podía verme, nadie podía chincharme por estar llorando, como sucedía en el colegio con los niños que cometían la imprudencia de rendirse a las lágrimas.

Escuché el repiqueteo de la lluvia en el cristal de la ventana, pero ni siquiera eso me consoló.

Lloré hasta quedarme sin lágrimas. Luego sollocé, y pensé que Ursula Monkton, monstruo de lona andrajosa, gusano y pulga, me atraparía enseguida si intentaba salir de allí. Lo sabía.

Pero Ursula Monkton me había encerrado con llave. Seguramente no esperaría que me fugara ahora.

Y a lo mejor tenía suerte y la pillaba distraída.

Abrí la ventana y afiné el oído. La lluvia caía suavemente, como un susurro. Hacía frío, y yo ya estaba helado. Mi hermana estaba en la habitación de al lado, viendo algo en la televisión. No podía oírme.

Me fui hacia la puerta y apagué la luz.

Crucé la habitación a oscuras y me metí en la cama.

«Estoy en la cama —pensé—. Estoy en la cama pensando en lo enfadado que estoy. Me voy a quedar dormido enseguida. Estoy en la cama, y sé que Ursula ha ganado, y si sube verá que estoy en mi cama, dormido.

»Estoy acostado y ya es hora de dormir... Se me cierran los ojos. Estoy profundamente dormido. Profundamente dormido en mi cama...»

Me puse de pie en la cama y me encaramé a la ventana. Me quedé colgando un momento, y luego me dejé caer, tratando de no hacer ruido, en el suelo de la terraza. Esa era la parte más fácil.

Mientras crecía, aprendí muchas cosas en los libros. Me enseñaron casi todo lo que sé sobre cómo se comporta la gente y cómo debo comportarme yo. Los libros fueron mis maestros y mis consejeros. En los libros, los niños se subían a los árboles, así que yo me subía a los árboles; a veces llegaba muy arriba, siempre temiendo caerme. En los libros, la gente entraba y salía de las casas trepando por los bajantes de los canalones, así que yo también lo hacía. Por aquel entonces los canalones eran de hierro y estaban fuertemente anclados a los muros, no como esos canalones de plástico que hay ahora.

Nunca había bajado por la tubería en la oscuridad, ni lloviendo, pero sabía dónde estaban las abrazaderas para apoyar los pies. También sabía que el mayor riesgo que afrontaba no era la caída —una caída de seis metros sobre un parterre mojado—, sino el hecho de que ese canalón pasaba justo al lado de la ventana de la salita, en el piso de abajo, donde, con toda seguridad, estarían Ursula Monkton y mi padre viendo la tele.

Intenté dejar la mente en blanco.

Pasé por encima del pretil de ladrillo de la terraza, alargué la mano buscando la tubería, fría y resbaladiza a causa de la lluvia, di una zancada hacia ella y apoyé el pie en la abrazadera de metal que anclaba la tubería al muro de ladrillo.

Bajé muy despacio, imaginándome que era Batman, imaginándome que era uno de esos niños héroes de mis libros, y entonces, recordando quién era realmente, imaginé que era una gota de lluvia en la pared, un ladrillo, un árbol. «Estoy en mi cama», pensé. Yo no estaba allí, con la luz de la salita, cuyas cortinas estaban abiertas, iluminando el espacio debajo de mí, reflejándose en las gotas de lluvia y haciendo que parecieran hilos brillantes.

«No me mires —pensé—. No mires por la ventana.»

Continué descendiendo muy despacio, poco a poco. Normalmente habría saltado directamente al alféizar de la ventana de la salita, pero dadas las circunstancias era algo impensable. Con mucho cuidado, descendí algunos centímetros más, pegándome a la tubería para evitar la luz y, aterrorizado, eché una furtiva mirada al interior de la salita, esperando encontrarme con los rostros de Ursula Monkton y mi padre mirándome.

No había nadie.

Las luces estaban encendidas, y también la televisión, pero no había nadie sentado en el sofá y la puerta estaba abierta.

Puse el pie en el alféizar de la ventana, rezando para que ninguno de los dos regresara en ese momento y me pillara, y a continuación salté al parterre desde el alféizar. La tierra mojada cedió bajo mis pies.

Lo siguiente era echar a correr, sin mirar atrás, pero vi luz en el salón, un lugar donde los niños nunca entrábamos. Las paredes del salón estaban forradas de madera de roble, y se reservaba para ocasiones especiales.

Las cortinas estaban echadas. Eran de terciopelo verde, pero los visillos eran blancos, y por los resquicios de las cortinas se filtraba una luz dorada y tenue.

Me acerqué a la ventana. Las cortinas no estaban del todo cerradas. Podía ver el interior de la habitación, lo que tenía justo delante.

No estaba muy seguro de qué era lo que estaba viendo. Mi padre tenía a Ursula Monkton arrinconada contra un lateral de la gran chimenea situada en el extremo opuesto de la habitación. Estaba de espaldas a mí. Ursula también, y tenía las manos apoyadas en la alta repisa de la chimenea. Mi padre la abrazaba por detrás. Ursula tenía la falda levantada hasta la cintura.

No sabía exactamente qué estaban haciendo, y tampoco me importaba, al menos en ese momento. Lo único que importaba era que en ese instante la atención de Ursula Monkton estaba centrada en algo que no era yo, y me aparté de la ventana, de la luz, de la casa, y eché a correr, descalzo, bajo la lluvia y en medio de la oscuridad.

La oscuridad no era total. Era una de esas noches en las que las nubes parecen captar la distante luz de las farolas y las casas para reflejarla de nuevo sobre la tierra. Una vez que mis ojos se acostumbraron, podía ver bastante bien. Conseguí llegar al fondo del jardín, más allá del montón de compost y hierba cortada, y bajé por la cuesta hacia la carretera. Las zarzas y los cardos se me clavaban en los pies y las piernas, pero seguí corriendo.

Salté la valla metálica, que no era muy alta, y salí a la carretera. Había conseguido salir de la parcela y sentí como si un dolor de cabeza que no sabía que tenía arreciara de forma repentina.

—Lettie, Lettie Hempstock —susurré, impaciente.

Y pensé: «Estoy en mi cama. Todo esto lo estoy soñando. Es un sueño muy vívido. Estoy en mi cama», aunque no creía que Ursula Monkton estuviera pensando en mí justo en ese momento.

Mientras corría pensé en mi padre, rodeando con sus brazos el cuerpo de la falsa gobernanta, besando su cuello, y entonces vi su rostro a través de la gélida agua de la bañera mientras me ahogaba, y ya no me asustaba lo que había pasado en el baño; lo que me asustaba ahora era lo que pudiera significar que mi padre estuviera besando el cuello de Ursula Monkton, que sus manos le hubieran levantado la falda por encima de la cintura.

Mis padres formaban una unidad, eran indivisibles. De repente el futuro se había vuelto incierto, cualquier cosa era posible: el tren de mi vida acababa de descarrilar, corría campo a través y bajaba por la carretera conmigo.

Las piedras que sobresalían de la tierra me hacían daño en los pies al correr, pero me daba igual. Estaba seguro de que, en pocos minutos, aquella cosa que decía ser Ursula Monkton habría terminado con mi padre. A lo mejor subían juntos a ver si estaba en mi cama. Ursula descubriría mi ausencia y vendría tras de mí.

Pensé: «Si salen tras de mí, vendrán en coche». Busqué un hueco en los setos que flanqueaban la carretera. Divisé una escalerita en una valla y la crucé, y seguí corriendo campo a través, con el corazón latiendo como el más grande de los tambores que jamás haya existido, descalzo, con el pijama y la bata completamente empapados de rodilla para abajo. Seguí corriendo, sin preocuparme por las boñigas. La hierba era más cómoda para mis pies que la arena de la carretera. Era más feliz y me sentía más real corriendo sobre la hierba.

Un trueno estalló a mi espalda, aunque no había visto ningún relámpago. Salté una valla, y mis pies se hundieron en el blando barro de un campo recién arado. Lo crucé a trompicones, cayéndome de tanto en tanto, pero seguí adelante. Salté otra valla y pasé a otro campo, este sin arar, y lo crucé, sin apartarme mucho del seto, temeroso de quedarme demasiado al descubierto.

Vi acercarse los faros de un coche por la carretera, una luz repentina y cegadora. Me quedé petrificado donde estaba, cerré los ojos y me imaginé dormido en mi cama. El coche pasó de largo sin aminorar la velocidad, y vi fugazmente las luces de atrás: era una furgoneta blanca, como la de los Anders.

No obstante, pensé que igual no era muy seguro ir por la carretera, y decidí atajar por los campos. Vi que estaban separados por una simple alambrada y que podía pasar por debajo fácilmente; ni siquiera era alambre de espino, así que alargué la mano y cogí uno de los alambres para levantarlo un poco, y…

Fue como si me golpearan, con mucha fuerza, en el pecho. El brazo de la mano con la que agarré el alambre comenzó a agitarse espasmódicamente, y la palma de la mano me quemó como si acabara de golpearme el hueso de la risa contra una pared.

Solté la valla electrificada y trastabillé. Ya no podía seguir corriendo, pero avancé lo más deprisa que pude, luchando con el viento, la lluvia y la oscuridad y siguiendo la valla, pero poniendo cuidado de no tocarla, hasta que llegué a una verja con cinco barrotes. Atravesé la verja y continué corriendo por el campo, dirigiéndome hacia la zona más oscura del otro lado —«árboles», pensé, y bosque—, y no me acerqué mucho al límite del campo por si había otra valla electrificada esperándome.

Vacilé un momento, no sabía hacia dónde ir ahora. De pronto, un relámpago lo iluminó todo por un instante, pero un instante era cuanto yo necesitaba. Vi una escalera en una valla y corrí hacia ella.

Salté la valla. Aterricé en un lecho de ortigas. Supe que eran ortigas porque sentí el picor en mis tobillos desnudos y en los empeines, pero eché a correr y seguí corriendo como pude. Confiaba en no haberme desviado de mi camino hacia la granja Hempstock. No podía ser. Atravesé otro campo más antes de caer en la

113

cuenta de que ya no sabía dónde estaba la carretera; de hecho, no tenía ni idea de dónde estaba. Solo sabía que la granja Hempstock estaba al final de la carretera que pasaba por mi casa, pero estaba perdido en un campo oscuro, y las nubes de tormenta habían descendido en el cielo, y la noche se había vuelto muy oscura, y seguía lloviendo, aunque no mucho todavía, y mi imaginación empezó a llenar la oscuridad de lobos y espectros. Quería dejar de imaginar, dejar de pensar, pero no podía.

Y detrás de los lobos, los espectros y los árboles vivientes, estaba Ursula Monkton, diciéndome que la próxima vez que la desobedeciera me encerraría en el desván.

No era un niño valiente. Estaba huyendo de todo, y tenía frío, y estaba empapado y perdido.

Grité a voz en cuello:

—¿Lettie? ¡Lettie Hempstock, hola!

Pero no hubo respuesta, y la verdad es que tampoco la esperaba.

El trueno gruñía y retumbaba en un rugido constante y monótono, como un león al que estuvieran haciendo enfadar, y los relámpagos fulguraban y parpadeaban como un fluorescente estropeado. Cuando el cielo se iluminó, pude ver que el campo en el que estaba terminaba en ángulo, con setos a ambos lados, y no había ningún hueco por el que atravesarlos. No vi ninguna puerta, ni ninguna otra escalerita como la que había utilizado para saltar la valla anterior, en el extremo opuesto.

Oí un crujido.

Alcé la vista para mirar al cielo. Había visto cómo eran los rayos en las películas de la tele, una especie de tridente de luz entre las nubes. Pero hasta ese momento yo no había visto con mis propios ojos más que relámpagos, una luz blanca como la del *flash* de una cámara, iluminándolo todo con una luz estroboscópica. Lo que vi en el cielo en ese momento no era eso.

Tampoco era un rayo.

Venía y se iba, era una luz blanca azulada en el cielo que se retorcía. Se apagaba y luego se encendía, iluminando el prado. La lluvia caía con fuerza y me azotaba la cara, en un segundo había pasado de una lluvia fina a un aguacero. En pocos segundos empapó por completo mi pijama. Pero bajo aquella luz pude distinguir —o creí distinguir— un hueco en el seto que tenía a la derecha, y eché a andar hacia él (ya no podía correr) lo más rápido que pude, confiando en que no hubiera sido un espejismo. Mi bata mojada se agitaba con el viento, y el ruido que hacía me aterrorizaba.

No alcé la vista para mirar al cielo. No miré detrás de mí.

Pero pude ver el otro extremo del campo, y efectivamente había un hueco en el seto. Casi había llegado ya cuando oí una voz:

—Creí haberte dicho que te quedaras en tu habitación. Y ahora te encuentro huyendo a hurtadillas como un marinero ahogado.

Me volví, miré detrás de mí, pero no vi nada en absoluto. Allí no había nadie.

Entonces miré hacia arriba.

La cosa que se hacía llamar Ursula Monkton estaba suspendida en el aire, unos seis metros por encima de mi cabeza, y los relámpagos se sucedían de forma intermitente por todo el cielo detrás de ella. No es que estuviera volando; simplemente flotaba, ligera como un globo, aunque el viento no la arrastraba.

115

El viento aullaba y me fustigaba la cara. El trueno retumbaba a lo lejos, seguido de los chisporroteos de otros truenos más pequeños, y Ursula hablaba sin mover los labios, pero yo podía entender cada palabra con la misma claridad que si me las estuviera susurrando al oído.

—Oh, tesorito mío, te has metido en un buen lío.

Sonreía, y su sonrisa era la más inmensa y luminosa que he visto en mi vida en el rostro de un ser humano, pero no era una sonrisa franca.

Llevaba huyendo de ella, ¿cuánto, media hora? ¿Una hora? En ese momento deseé haber seguido por la carretera en lugar de huir campo a través. A estas alturas habría llegado ya a la granja Hempstock. Pero ahora estaba perdido y atrapado.

Ursula Monkton descendió. Su blusa rosa estaba abierta y desabrochada. Llevaba un sostén blanco. Su falda gris se agitaba con el viento, dejando al descubierto sus pantorrillas. No parecía que estuviera mojada, pese a la tormenta. Su ropa, su cara y su cabello estaban perfectamente secos.

Flotaba por encima de mí, y alargó las manos.

Los relámpagos que estallaban a su alrededor le daban a su imagen un efecto estroboscópico. Sus dedos se abrían como flores en una película acelerada, y yo sabía que estaba jugando conmigo, sabía lo que ella quería que hiciera, y me odié por no ser capaz de resistirme, pero hice lo que ella esperaba de mí: corrí.

Estaba jugando conmigo del mismo modo en que *Monster*, aquel gato grande de color jengibre, jugaba con los ratones: me dejaba correr para luego echarme encima la zarpa. Pero el ratón seguía corriendo a pesar de todo, y yo no tenía elección, así que corrí también.

Corrí hacia el hueco que había en el seto, tan deprisa como pude, tropezándome, haciéndome daño, y empapado.

Escuchaba su voz en mis oídos mientras corría.

—¿No te dije que te encerraría en el desván? Es lo que voy a hacer. Ahora tu padre está de mi lado. Hará lo que yo le diga. Puede que, a partir de ahora, suba todas las noches para sacarte del desván. Te hará bajar por la escalera. Y cada noche te meterá en la bañera, te sumergirá en el agua helada. Dejaré que lo haga todas las noches hasta que me canse, y entonces le diré que no te saque del agua, que te ahogue hasta que dejes de moverte, hasta que en tus pulmones no quede más que agua y oscuridad. Haré que te deje dentro del agua helada, y nunca más volverás a moverte. Y cada noche besaré a tu padre, lo besaré y lo besaré…

Logré atravesar el seto y corrí por la suave hierba.

Oí el chisporroteo del rayo, y un olor metálico y extrañamente penetrante; los tenía tan cerca que se me puso la carne de gallina. Todo a mi alrededor se iluminaba de forma cada vez más intensa con aquella intermitente luz blanquiazulada.

—Y cuando por fin tu padre te hunda para siempre en el agua de la bañera, serás feliz —susurró Ursula Monkton, e imaginé que podía sentir sus labios haciéndome cosquillas en los oídos—. Porque no lo vas a pasar bien encerrado en el desván. No solo porque estarás a oscuras, con las arañas y los fantasmas. Además voy a traerme a algunos amigos. No se pueden ver a la luz del día, pero estarán contigo en el desván, y no serán una buena compañía para ti. A mis amigos no les gustan los niños. Fingirán que son arañas del tamaño de un perro. Trapos viejos sin nadie detrás que tirarán de ti y no te soltarán jamás. Vivirán dentro de tu cabeza. Y cuando estés en el desván no tendrás libros, ni cuentos, nunca más.

No era cosa de mi imaginación. Sus labios me hacían cosquillas en los oídos. Flotaba en el aire a mi lado, de modo que su cabeza estaba junto a la mía, y cuando me pilló mirándola sonrió con aquella sonrisa falsa, y ya no pude seguir corriendo. Apenas podía moverme. Me dolía el costado, estaba sin aliento, y estaba acabado.

Mis piernas cedieron bajo mi peso y caí al suelo, y esta vez no me levanté.

Sentí calor en las piernas, y al mirar hacia abajo vi un chorrito amarillo que salía de la parte delantera de mis pantalones. Tenía siete años, ya no era un niño pequeño, pero me estaba haciendo pis encima de puro miedo, como un bebé, y no había nada que pudiera hacer al respecto, mientras Ursula Monkton continuaba flotando en el aire a escasos metros de mí y me observaba, con aire distante.

La caza había terminado.

Ursula Monkton se enderezó en el aire, a casi un metro del suelo. Yo estaba tumbado debajo, de espaldas, sobre la hierba mojada. Comenzó a descender, lenta pero inexorablemente, como la imagen en un televisor estropeado.

Algo tocó mi mano izquierda. Algo suave. Me olisqueó la mano y lo miré, temiendo que fuera una araña del tamaño de un perro. A la luz de los rayos que había alrededor de Ursula Monkton vi una mancha oscura junto a mi mano. Una mancha oscura con un lunar blanco sobre una de sus orejas. Cogí la gatita con la mano, la acerqué a mi corazón y la acaricié.

—No pienso irme contigo. No puedes obligarme.

—Me senté, porque sentado me sentía menos vulnerable, y la gatita se acomodó en mi mano.

—Tesorito mío —dijo Ursula Monkton. Sus pies tocaban la tierra. Estaba iluminada por sus propios rayos, como si fuera un retrato de una mujer en tonos grises, verdes y azules y no una mujer de verdad—, no eres más que un niño pequeño. Yo soy mayor. Ya era una adulta cuando tu mundo no era más que una bola de roca fundida. Puedo hacer lo que quiera contigo. Venga, levántate. Te voy a llevar a casa.

La gatita, que se había acurrucado contra mi pecho, emitió un sonido agudo, no un maullido. Aparté la vista de Ursula Monkton y me volví para mirar hacia atrás.

La niña que caminaba a nuestro encuentro, atravesando el campo, llevaba un impermeable rojo y brillante, con capucha, y unas botas de goma negras que parecían demasiado grandes para ella. Salió de la oscuridad, sin temor. Miró a Ursula Monkton.

—Lárgate de mis tierras —dijo Lettie Hempstock.

Ursula Monkton dio un paso atrás al tiempo que se elevaba en el cielo, y se quedó flotando sobre nuestras cabezas. Lettie Hempstock alargó una mano hacia mí, sin mirar, y me cogió la mano, entrelazando sus dedos con los míos.

—Ni siquiera tengo un pie en tus tierras —dijo Ursula Monkton—. Lárgate, niña.

—Estás en mis tierras —dijo Lettie Hempstock.

Ursula Monkton sonrió, y los rayos formaron una corona a su alrededor. Era la encarnación misma del poder, flotando erguida en la electrizada atmósfera. Era la tormenta, el rayo, el mundo adulto con todo su poder, todos sus secretos y toda su estúpida crueldad. Me guiñó un ojo.

Yo era un niño de siete años, tenía los pies llenos de rasguños y de sangre. Me acababa de hacer pis encima. Y aquella cosa que flotaba por encima de mí era inmensa y codiciosa, y quería encerrarme en el desván, y, cuando se cansara de mí, haría que mi padre me matara.

Sentir la mano de Lettie Hempstock en la mía me infundió coraje. Pero Lettie no era más que una niña, por más que fuera una niña mayor, por más que tuviera once años, por más que tuviera once años desde hace mucho tiempo. Ursula Monkton era una adulta. En ese momento daba igual que encarnara a todos los monstruos, todas las brujas y todas las pesadillas juntas. También era una adulta, y cuando un adulto se enfrenta a un niño siempre gana el adulto.

—Deberías volver al lugar de donde saliste —dijo Lettie Hempstock—. No te conviene permanecer aquí. Por tu propio bien, márchate por donde has venido.

Un ruido en el aire, un chirrido espantoso y maligno, lleno de dolor y de maldad, un ruido que me produjo dentera e hizo que a la gatita, cuyas patas delanteras descansaban sobre mi pecho, se le erizara el pelo. El minino se revolvió y me clavó las garras en el hombro, y bufó. Miré a Ursula Monkton. Solo cuando miré su rostro supe lo que era aquel ruido.

Ursula Monkton se estaba riendo.

—¿Regresar? Cuando tu gente hizo aquel agujero en Para Siempre, aproveché la ocasión. Podría haber gobernado mundos enteros, pero os seguí hasta aquí, y esperé; tuve mucha paciencia. Sabía que tarde o temprano las ligaduras se aflojarían, que algún día caminaría por la auténtica Tierra, bajo el Sol del Cielo. —Se echó a reír de nuevo—. Aquí todo es muy débil, niña. Todo se rompe con facilidad. Anhelan cosas muy triviales. Cogeré de este mundo todo cuanto desee, como un niño que se atiborra de moras frente a una zarza.

No solté la mano de Lettie, esta vez no. Acaricié a la gatita, cuyas afiladas garras seguían clavadas en mi hombro, y a cambio recibí un mordisco, pero fue un mordisco suave, fruto del miedo.

La voz de Ursula parecía venir de todas partes, mientras el viento seguía soplando en ráfagas.

—Me habéis mantenido apartada durante mucho tiempo. Pero luego me trajisteis una puerta, y yo la usé para salir de mi celda. ¿Y qué puedo hacer ahora que estoy fuera?

Lettie no parecía enfadada. Se quedó reflexionando un momento y luego dijo:

—Podría fabricarte otra puerta. O, mejor aún, podría hacer que la abuela te hiciera cruzar el océano, y te mandara de vuelta al lugar de donde viniste.

Ursula Monkton escupió en el suelo, y una minúscula bola de fuego chisporroteó sobre el lugar donde había caído el escupitajo.

—Dame al niño —fue todo cuanto dijo—. Me pertenece. Vine hasta aquí dentro de él. Es mío.

—Nada de lo que hay aquí te pertenece —dijo Lettie Hempstock, enfurecida—. Y mucho menos él.

Lettie me ayudó a ponerme en pie, se colocó detrás de mí y me rodeó con sus brazos. Éramos sólo dos niños en mitad del campo en plena noche. Lettie me sostenía, yo sostenía a la gatita, mientras por encima de nosotros y desde todas partes una voz decía:

—¿Qué vas a hacer? ¿Llevártelo a tu casa? Este mundo se rige por normas, niña. Él pertenece a sus padres. Llévatelo y sus padres irán a buscarlo para llevárselo de vuelta a casa, y sus padres me pertenecen.

—Me tienes harta ya —dijo Lettie Hempstock—.

Has tenido tu oportunidad. Estás en mis tierras. Lárgate.

Según pronunciaba aquellas palabras, noté en mi piel la misma sensación que cuando frotaba un globo contra el jersey y a continuación me tocaba la cara y el pelo: el vello erizado y un cosquilleo. Tenía el pelo empapado, pero aun así tenía la sensación de que se me había puesto de punta.

Lettie me sujetaba con fuerza.

—No te preocupes —me susurró, y estaba a punto de decirle algo, de preguntarle por qué no debía preocuparme, qué era lo que debía temer, cuando el campo empezó a brillar.

Todo él brillaba con un resplandor dorado; cada brizna de hierba, cada hoja de cada árbol. Incluso los setos brillaban. Era una luz cálida. Era como si la tierra que había bajo la hierba se hubiera transformado en luz pura, y con el dorado resplandor del prado la luz blanquiazul que seguía crepitando en torno a Ursula Monkton resultaba mucho menos impresionante.

Ursula Monkton se elevó con inseguridad, como si el aire se hubiera calentado de repente y la empujara hacia arriba. Entonces Lettie Hempstock se puso a recitar unas palabras en aquella arcaica lengua y el prado entero estalló transformándose todo él en una luz dorada. Vi cómo Ursula Monkton era arrastrada lejos de allí, pese a que no había viento, pero algún viento debía de haber, porque se agitaba y se inclinaba como una hoja muerta en medio de un vendaval. La vi alejarse dando vueltas en la oscuridad, y Ursula Monkton y sus rayos desaparecieron.

—Vamos —dijo Lettie Hempstock—. Hay que ponerte delante de un buen fuego. Y necesitas un baño caliente. Si no, te vas a morir de una pulmonía.

Me soltó la mano, dejó de abrazarme y dio un paso atrás. El resplandor dorado se fue atenuando, lentamente, y finalmente desapareció, dejando tan solo algún que otro destello fugaz en los arbustos, como cuando se acaban los fuegos artificiales.

—¿Está muerta? —pregunté.

—No.

—Entonces volverá. Y te habrás metido en un buen lío.

—Puede ser —dijo Lettie—. ¿Tienes hambre?

En el momento en que me lo preguntó supe que, en efecto, la tenía. Me había olvidado, no sé cómo, pero ahora me acordaba. Estaba tan hambriento que me dolía el estómago.

—Vamos a ver… —Lettie me hablaba mientras atravesábamos el campo—. Estás calado hasta los huesos. Vamos a necesitar algo de ropa para ti. Echaré un vistazo a la cómoda de la habitación verde. Creo que el primo Japeth se dejó algo de ropa cuando partió para luchar en las Guerras de los Ratones. No era mucho más grande que tú.

La gatita me lamía los dedos con su diminuta y áspera lengua.

—Me he encontrado una gatita —dije.

—Ya la veo. Debe de haberte seguido desde el campo del que la arrancaste.

—¿Esta es aquella gatita? ¿La misma que cogí?

—Sí. ¿Te ha dicho ya cuál es su nombre?

—No. ¿Hacen eso?

—A veces. Si escuchas con atención.

Vi las luces de la granja Hempstock un poco más adelante, dándonos la bienvenida, y me alegré mucho, pero no entendía cómo habíamos llegado tan rápido allí desde el campo en el que estábamos.

—Has tenido suerte —dijo Lettie—. Cuatro metros más atrás el terreno es de Colin Anders.

—Habrías venido igual —le dije—. Me habrías salvado.

Me dio un apretón en el brazo, pero no dijo nada.

—Lettie, no quiero volver a casa —le dije.

Y no era verdad. Volver a casa era lo que más deseaba en el mundo, lo que no quería era volver al lugar del que había huido esa noche. Quería volver a la casa en la que vivía antes de que el minero se suicidara en nuestro pequeño Mini blanco, o antes de que atropellara a mi gatita.

La bola de pelo oscuro se acurrucó contra mi pecho, y deseé que fuera mi gatita, aunque sabía que no lo era. El aguacero había dado paso otra vez a una ligera llovizna.

124 Caminamos pisando grandes charcos, Lettie con sus botas de agua, y yo con mis pies descalzos y magullados. El olor del estiércol se hacía más intenso a medida que nos acercábamos a la granja, y por fin entramos en la casa por una puerta lateral y fuimos directos a la inmensa cocina de las Hempstock.

Nueve

*L*a madre de Lettie estaba avivando el fuego con el atizador, juntando los leños.

La anciana señora Hempstock removía una oronda olla colocada al fuego con una enorme cuchara de madera. Se llevó la cuchara a la boca, sopló con mucha teatralidad, lo probó, frunció los labios y a continuación añadió una pizca de algo y un puñado de otra cosa. Apagó el fuego. Entonces me miró, desde mi empapado pelo hasta los pies descalzos, que estaban amoratados por el frío. Empezó a formarse un charco a mi alrededor mientras el agua que goteaba de mi ropa salpicaba al caer en él.

—Un baño caliente —dijo la anciana señora Hempstock—, o se va a morir de una pulmonía.

—Eso mismo he dicho yo —dijo Lettie.

La madre de Lettie había sacado una bañera de zinc de debajo de la mesa de la cocina, y la llenó con agua caliente de la enorme tetera que colgaba sobre el fuego de la chimenea. Terminó de rellenarla con agua fría hasta que la temperatura estuvo a su gusto.

—Muy bien. Al agua patos —dijo la anciana señora Hempstock—. Vamos, vamos.

La miré horrorizado. ¿Iba a tener que desnudarme delante de personas a las que apenas conocía?

—Lavaremos tu ropa y la pondremos a secar, y te arreglaremos esa bata —dijo la madre de Lettie, quitándome la bata y la gatita, de la que ya ni me acordaba, y después se marchó.

Tan deprisa como pude, me quité el pijama de nailon rojo, que se había quedado pegado a mi cuerpo; la parte superior del pantalón estaba empapada y las perneras hechas un andrajo, no habría manera de recomponerlas. Probé el agua con los dedos, luego me metí dentro de la bañera y me senté. La bañera estaba delante de la gigantesca chimenea, en aquella cocina enorme y acogedora, y me relajé en el agua caliente. Mis pies comenzaron a latir a medida que volvían a la vida. Sabía que no estaba bien exhibirse desnudo, pero las Hempstock parecían indiferentes a mi desnudez: Lettie se había ido, y mi bata y mi pijama con ella; su madre estaba sacando cuchillos, tenedores, cucharas, jarritas pequeñas y jarras más grandes, cuchillos de trinchar y trincheros de madera, y colocándolos sobre la mesa.

La anciana señora Hempstock me pasó una taza, con un poco de sopa de la olla negra que tenía sobre el fuego.

—Bébete esto. Te calentará por dentro.

La sopa estaba deliciosa, y era muy reconfortante. Era la primera vez que bebía sopa metido en la bañera. Era una experiencia totalmente nueva. Cuando me terminé la sopa, le devolví la taza y ella me pasó una blanca pastilla de jabón y una toalla pequeña y me dijo:

—Y ahora, a frotar. Frótate bien para que tus huesos entren en calor.

Se sentó en una mecedora al otro lado de la chimenea y se meció con suavidad, sin mirarme.

Me sentía seguro. Era como si la esencia de la abuelidad estuviera condensada en aquel lugar, en aquel instante. Ya no le tenía ningún miedo a Ursula Monkton, fuera lo que fuese, no en ese momento. Allí no.

La señora Hempstock abrió la puerta del horno y sacó un pastel, con la masa brillante y dorada, y lo puso a enfriar en el alféizar de la ventana.

Me sequé con una toalla que me dieron, y el fuego de la chimenea me secaba tanto como la toalla; entonces apareció de nuevo Lettie Hempstock y me dio una cosa blanca y voluminosa, como un camisón de chica pero hecho de algodón blanco, con las mangas muy largas, una falda que llegaba hasta el suelo, y un gorro blanco. No sabía si ponérmelo, y entonces comprendí lo que era: un camisón antiguo. Había visto prendas como aquella en los libros. Wee Willie Winkie corría por toda la ciudad con un camisón como ese, según sabía por los libros infantiles que recogían el poema.

Me deslicé dentro. El gorro de dormir me quedaba grande y se me caía sobre la cara, así que Lettie me lo quitó.

La cena era espléndida. Había carne asada, con patatas asadas, doradas y crujientes por fuera y blandas y blancas por dentro, unas verduras salteadas con mantequilla que no supe identificar (aunque ahora creo que quizá fueran ortigas), zanahorias asadas tostadas y dulces (pensé que no me gustaban las zanahorias guisadas, así que estuve a punto de no probarlas, pero fui valiente y las probé, y me gustaron, y me pasé el resto de mi infancia aborreciendo las zanahorias cocidas). De postre teníamos el pastel, relleno de manzana, pasas y nueces picadas, regado con una espesa y amarilla salsa de vainilla, más cremosa y rica que cualquier otra que hubiera probado en casa o en el colegio.

La gatita dormía en un cojín junto al fuego. Cuando terminamos de cenar, compartió con otro gato de color gris cuatro veces más grande que ella los recortes de la carne.

Mientras comíamos, no hablamos de lo que me había pasado ni de por qué estaba allí. Las Hempstock hablaron sobre asuntos de la granja: había que darle una mano de pintura a la puerta del establo, una vaca llamada *Rhiannon* parecía tener algún problema en la pata trasera izquierda, había que limpiar el sendero que llevaba hasta el depósito de agua.

—¿Estáis las tres solas? —pregunté—. ¿No hay ningún hombre en la casa?

—¡Hombres! —dijo la anciana señora Hempstock con una risotada—. ¡Y para qué íbamos a necesitar a un hombre! No hay nada que un hombre pueda hacer en esta granja que yo no pueda hacer dos veces más rápido y cinco veces mejor que él.

—Hemos tenido algún hombre por aquí en alguna ocasión —dijo Lettie—. Vienen y se van. Ahora mismo estamos solo nosotras.

Su madre asintió.

—Los varones Hempstock partieron en busca de su destino y su fortuna. No hay nada que pueda retenerlos aquí cuando sienten la llamada. Su mirada se vuelve distante y luego los perdemos del todo. En cuanto se les presenta la ocasión parten hacia las ciudades, o incluso las grandes urbes, y como mucho recibimos alguna postal de vez en cuando para decirnos dónde están.

La anciana señora Hempstock dijo:

—¡Vienen sus padres! Han cogido el coche y vienen hacia aquí. Acaban de pasar por delante del olmo de Parson. Los han visto los tejones.

—¿Ella va con mis padres? —pregunté—. ¿Ursula Monkton?

—¿Ella? —dijo la anciana señora Hempstock, con ironía—. ¿Esa cosa? Qué va.

Reflexioné un momento.

—Me obligarán a volver con ellos, y entonces ella me encerrará en el desván y, cuando se canse, dejará que mi padre me mate. Me lo advirtió.

—Puede que te haya dicho eso, cielo —dijo la madre de Lettie—, pero no va a hacerlo, ni eso ni nada parecido, como que me llamo Ginnie Hempstock.

Era un nombre muy bonito, Ginnie, pero no la creía, y no estaba tranquilo. Dentro de poco la puerta de la cocina se iba a abrir, y mi padre empezaría a gritarme, o esperaría a que estuviéramos dentro del coche para gritarme, y me llevarían de vuelta a mi casa, y entonces estaría perdido.

—Vamos a ver —dijo Ginnie—. Podríamos no estar en casa cuando lleguen. Podrían llegar el martes pasado, que no había nadie en casa.

—No, ni hablar —dijo la anciana señora Hempstock—. Jugar con el tiempo solo complica más las cosas... Podríamos transformar al niño en otra cosa, para que no lo encuentren, por más que busquen.

Parpadeé. ¿Era eso posible? Quería que me transformaran en otra cosa. La gatita había terminado ya su parte de la comida (de hecho, parecía que había comido más que el gato grande), se plantó en mi regazo de un salto y se atusó un poco los bigotes.

Ginnie Hempstock se levantó y abandonó la cocina. Me pregunté adónde iría.

—No podemos transformarle en nada —dijo Lettie, mientras terminaba de recoger la mesa—. Sus padres se volverán locos. Y si están bajo el control de la pulga, ella se encargará de alimentar su locura. Luego tendremos a la policía dragando el depósito para buscarlo. O peor aún, el océano.

La gatita se acurrucó en mi regazo, enroscándose hasta quedar convertida en un circulito de pelo negro y esponjoso. Cerró sus brillantes ojos azules, del color del océano, y se quedó dormida, ronroneando.

—¿Y entonces? —dijo la anciana señora Hempstock—. ¿Qué sugieres que hagamos?

Lettie se puso a pensar, apretando los labios, desplazándolos hacia un lado. Inclinó la cabeza, y me pareció que estaba sopesando las alternativas. Entonces, su rostro se iluminó.

—¿Un tijeretazo? —dijo

La anciana señora Hempstock resopló.

—Eres una buena chica —dijo—, no digo que no. Pero el tijeretazo… no creo que tú puedas hacerlo. Todavía no. Tienes que cortar los bordes con suma precisión, y volver a coserlos sin que se note. ¿Y qué cortarías? La pulga no te va a dejar que la cortes a ella. No está en el tejido. Está fuera de él.

Ginnie Hempstock volvió a la cocina. Traía mi vieja bata.

—La he escurrido con el rodillo —dijo—, pero sigue estando húmeda. De este modo resultará más difícil hacer que los bordes coincidan. No hay quien cosa sobre una tela todavía húmeda.

Dejó la bata sobre la mesa, delante de la anciana señora Hempstock. A continuación, sacó unas tijeras del bolsillo de su delantal, unas tijeras negras y viejas, una larga aguja y un carrete de hilo rojo.

—«Serba e hilo rojo, detienen a la bruja que se dispone a atacar» —recité.

Era algo que había leído en un libro.

—Eso serviría, funcionaría bien —dijo Lettie— si en todo este asunto hubiera alguna bruja. Pero no es el caso.

La anciana señora Hempstock examinaba mi bata. Era marrón, aunque el color estaba algo desvaído, con cuadros escoceses de color sepia. Me la habían regalado por mi cumpleaños los padres de mi padre, mis abuelos, unos años antes, y por aquel entonces me quedaba grande y tenía un aspecto muy cómico con ella puesta.

—Creo que... —dijo, como si hablara consigo misma— lo mejor sería que tu padre aceptara de buen grado que te quedaras aquí a pasar la noche. Pero entonces tu padre no puede estar enfadado contigo, ni siquiera preocupado...

Tenía las tijeras negras en la mano y había empezado a cortar, cuando de pronto oí que alguien llamaba a la puerta principal, y Ginnie Hempstock se levantó y fue a abrir. Salió al pasillo y cerró la puerta tras de sí.

—No dejes que se me lleven —le dije a Lettie.

—Calla —replicó—. Estoy trabajando mientras mi abuela corta. Tú solo haz como si tuvieras sueño y estuvieras muy a gusto. Contento.

Estaba muy lejos de estar contento, y no tenía sueño. Lettie se inclinó sobre la mesa y me cogió la mano.

—No te preocupes —dijo.

Y en ese mismo instante la puerta se abrió, y mi madre y mi padre entraron en la cocina. Yo quería esconderme, pero la gatita se revolvió en mi regazo y eso me dio seguridad, y Lettie me sonrió, transmitiéndome seguridad también.

—Estamos buscando a nuestro hijo —le decía mi padre a la señora Hempstock— y tenemos razones para creer...

Mi padre no había terminado de hablar cuando mi madre corrió hacia mí.

—¡Estás aquí! ¡Cariño, estábamos preocupados!

—Te has metido en un buen lío, jovencito —dijo mi padre.

¡Ris! ¡Ris! ¡Ris!, hacían las negras tijeras, y el trozo irregular de tejido que estaba cortando la anciana señora Hempstock cayó encima de la mesa.

Mis padres se quedaron congelados en el sitio. Dejaron de hablar y de moverse. Mi padre tenía la boca abierta, y mi madre tenía un pie en el aire, tan inmóvil como el maniquí de un escaparate.

—¿Qué... qué ha hecho con ellos?

No sabía muy bien si debía enfadarme o no.

—Están bien —dijo Ginnie Hempstock—. Solo hemos recortado un poco, ahora lo volveremos a coser y todo será real como la vida misma.

Alargó la mano hacia la mesa y señaló el retal de mi bata que había sobre ella.

—Eso es tu padre en el zaguán, y eso es la bañera. Mi madre los ha recortado. Sin ninguna de esas cosas, no hay razón para que tu padre esté enfadado contigo.

Yo no les había contado lo de la bañera. Pero tampoco me extrañó que lo supieran.

Ahora la anciana estaba enhebrando la aguja con el hilo rojo. Suspiró con dramatismo.

—Estos ojos ya no son lo que eran —dijo—. La edad.

Pero chupó el extremo del hilo y lo pasó por el ojo de la aguja sin aparente dificultad.

—Lettie. Tienes que saber cómo es exactamente su cepillo de dientes —dijo la anciana. Empezó a coser las dos partes de la bata con diminutas y esmeradas puntadas.

—¿Cómo es tu cepillo de dientes? —me preguntó Lettie—. Rápido.

—Es verde —respondí—. Verde brillante. Una especie de verde manzana. No es muy grande. Un simple cepillo verde, de niño.

No lo estaba describiendo muy bien, y lo sabía. Traté de visualizarlo mentalmente, intentando encontrar algún detalle más que pudiera ofrecer, algo que lo distinguiera de cualquier otro cepillo. No hubo suerte. Lo estaba viendo junto con los demás cepillos de dientes, en su vaso de lunares blancos y rojos, sobre el lavabo.

—¡Lo tengo! —dijo Lettie—. Buen trabajo.

—Ya casi he terminado —anunció la anciana señora Hempstock.

Ginnie Hempstock sonrió complacida, y su sonrosada y redonda cara se iluminó. La anciana señora Hempstock cogió las tijeras y cortó el hilo, y el sobrante cayó sobre la mesa.

El pie de mi madre tocó el suelo. Dio un paso y, a continuación, se detuvo.

Mi padre dijo:

—Hum...

Ginnie dijo:

—... y a mi hija Lettie le haría tanta ilusión que su hijo se quedara a pasar aquí la noche. Todo aquí está un poco anticuado, me temo.

La anciana dijo:

—Ahora disponemos de un retrete dentro de la

casa. Yo diría que es modernidad más que suficiente. Yo me las apañaba estupendamente con el retrete exterior y los orinales.

—Ha cenado muy bien —dijo Ginnie, dirigiéndose a mí—, ¿verdad?

—Hemos comido pastel —les dije a mis padres—. De postre.

Mi padre tenía el ceño fruncido. Parecía confuso. Entonces se llevó la mano al bolsillo de su chaquetón y sacó algo alargado y verde, con un extremo envuelto en papel higiénico.

—Te has olvidado el cepillo de dientes —dijo—. Pensé que te haría falta.

—Bien, pero si quiere volver a casa, que vuelva —le decía mi madre a Ginnie Hempstock—. Hace unos meses se quedó a pasar una noche en casa de los Kovaks, y a las nueve ya estaba llamando para que pasáramos a recogerlo.

Christopher Kovaks era dos años mayor que yo y me sacaba una cabeza. Vivía con su madre en una casa que había frente a la entrada de la carretera, junto al depósito de agua. Su madre estaba divorciada. Me caía bien. Era muy simpática, y conducía un escarabajo, el primero que vi en mi vida. Christopher tenía un montón de libros que yo no había leído, y era miembro del Club Puffin. Me dejaba leer los libros que le enviaban del club, pero solo si iba a su casa. No quería prestármelos.

Tenía una cama nido en su habitación, aunque era hijo único. La noche que me quedé a dormir, me asignaron la cama de abajo. Cuando nos acostamos, después de que la madre de Christopher pasara a darnos las buenas noches, apagara la luz y cerrara la puerta, Christopher se inclinó y empezó a dispararme con una pistola de agua que había escondido debajo de su almohada. Yo no sabía qué hacer.

—Esto no es como cuando fui a casa de Christopher Kovaks —le dije a mi madre, avergonzado—. Me gusta estar aquí.

—¿Qué llevas puesto? —me preguntó, mirando desconcertada mi extraño camisón.

Ginnie le explicó:

—Ha tenido un pequeño accidente. Se lo he dejado mientras se seca su pijama.

—Ah, entiendo —dijo mi madre—. Bueno, buenas noches, mi amor. Que te lo pases bien con tu nueva amiga.

Mi madre miró a Lettie.

—Perdona, ¿cómo me dijiste que te llamas, bonita?

—Lettie —respondió.

—¿Es diminutivo de Letitia? —preguntó mi madre—. Tuve una compañera en la universidad que se llamaba Letitia. Naturalmente, todo el mundo la llamaba «Lechuga».[3]

Lettie se limitó a sonreír, sin decir una palabra.

Mi padre dejó mi cepillo de dientes sobre la mesa, delante de mí. Le quité el papel higiénico que envolvía las cerdas. Era, sin duda alguna, mi cepillo verde. Bajo el chaquetón, mi padre llevaba una camisa blanca, sin corbata.

—Gracias —le dije.

—Bueno —dijo mi madre—. ¿A qué hora pasamos a recogerlo mañana?

Ginnie sonrió de oreja a oreja.

---

3. Juego de palabras intraducible: en inglés, Letitia y *lettuce* (lechuga) suenan de forma muy similar. (*N. de la T.*)

—Oh, Lettie lo acompañará hasta su casa. Deberíamos darles tiempo para jugar un poco mañana por la mañana. Pero antes de que se marchen, esta tarde he horneado unos bizcochos…

La madre de Lettie metió unos cuantos bizcochos en una bolsa de papel, que mi madre aceptó educadamente, y, a continuación, Ginnie los acompañó hasta la puerta. Aguanté la respiración hasta que oí que el coche se alejaba por la carretera.

—¿Qué les habéis hecho? —pregunté—. ¿Es este mi cepillo de dientes de verdad?

—Lo que hemos hecho —dijo la anciana señora Hempstock, en tono satisfecho— ha sido un muy digno trabajo de corte y confección, francamente.

Tenía mi bata en la mano: no fui capaz ni de distinguir el trozo que había cortado, ni de ver las costuras. El remiendo era completamente invisible. Me pasó el trozo de tela que había recortado:

—Aquí tienes tu noche —dijo—. Puedes quedártelo, si quieres. Pero yo en tu lugar lo quemaría.

La lluvia repiqueteaba contra los cristales, y el viento agitaba el marco de la ventana.

Cogí el retal de bordes irregulares. Estaba húmedo. Me puse en pie, despertando a la gatita, que saltó de mi regazo y se esfumó entre las sombras. Me acerqué a la chimenea.

—Si quemo esto —pregunté—, ¿habrá sucedido realmente? ¿Mi padre habrá intentado ahogarme en la bañera? ¿Olvidaré que sucedió?

Ginnie Hempstock ya no sonreía. Ahora parecía preocupada.

—¿Qué es lo que quieres tú? —me preguntó.

—Quiero acordarme —dije—. Porque es algo que me sucedió. Y yo sigo siendo yo.

Arrojé el retal al fuego.

El fuego crepitó y empezó a salir humo del retal, que enseguida comenzó a arder.

«Estaba sumergido en el agua. Me agarré de la corbata de mi padre. Pensé que iba a matarme...»

Grité.

Estaba tendido en las baldosas del suelo de la cocina de las Hempstock, pataleando y gritando. El pie me quemaba como si hubiera estado andando descalzo sobre las brasas. El dolor era muy intenso. Sentía también otro dolor, en lo más hondo de mi pecho, más distante, no tan intenso: una molestia, no una quemadura.

Ginnie estaba a mi lado.

—¿Qué te pasa?

—Mi pie. Está ardiendo. Me duele mucho.

Ginnie lo examinó, luego se chupó un dedo y lo puso sobre la marca del agujero del que dos días antes me había extraído el gusano. Se oyó un siseo, y el dolor empezó a ceder.

—Es la primera vez que veo algo como esto —dijo Ginnie Hempstock—. ¿Cómo te lo has hecho?

—Había un gusano dentro —le expliqué—. Así fue como vino con nosotros desde aquel lugar donde el cielo era naranja. En mi pie.

Y entonces miré a Lettie, que se había agachado a mi lado y me sostenía la mano.

—Fui yo quien la trajo —dije—. Ha sido culpa mía. Lo siento.

La anciana señora Hempstock fue la última en acercarse a mí. Se agachó y levantó mi pie para examinarlo a la luz.

—Qué ruin —dijo—. Y qué ingenioso. Dejó el agujero dentro de ti para poder volver a usarlo. Podría ha-

137

berse escondido dentro de ti, si le hubiera hecho falta, y haberte usado como puerta para volver a su casa. No me extraña que quisiera encerrarte en el desván. Muy bien. Pues golpeemos mientras el hierro esté caliente, que dijo el soldado cuando entró en la lavandería.

La anciana se puso a hurgar en el agujero con el dedo. Todavía me dolía, pero no tanto como antes. Ahora era un dolor pulsátil.

Algo me hizo cosquillas en el pecho, como una polilla diminuta, y luego se quedó quieto.

La anciana señora Hempstock dijo:

—¿Podrías armarte de valor?

No lo sabía. Seguramente no. Tenía la sensación de que aquella noche no había hecho otra cosa que huir. La anciana tenía en la mano la aguja que había utilizado para coser mi bata, pero por la forma en que la sostenía no parecía que fuera a coser nada, sino a clavármela.

Aparté el pie.

—¿Qué va a hacer?

Lettie me apretó la mano.

—Va a hacer que el agujero desaparezca —me explicó—. Yo te cogeré la mano. No hace falta que mires, si no quieres.

—Me va a doler —dije.

—Bobadas —dijo la anciana.

Tiró de mi pie para acercárselo, con la planta mirando hacia ella, y clavó la aguja… no en mi pie, sino en el propio agujero.

No me dolió.

Luego hizo girar la aguja y tiró. Fascinado, vi cómo sacaba de la planta de mi pie algo que brillaba; parecía negro, al principio, luego transparente, y luego plateado como el mercurio.

Podía sentir cómo salía de mi pierna; me dio la impresión de que la sensación se extendía al resto de mi cuerpo, por las tripas, el estómago y el pecho. Aquella sensación me produjo un gran alivio: ya no me quemaba el pie, y tampoco tenía miedo.

Mi corazón latía de forma extraña.

Observé a la anciana señora Hempstock mientras enrollaba aquella cosa, aunque no entendía muy bien qué era lo que estaba viendo. Era un agujero sin nada alrededor, medía unos sesenta centímetros de largo y era más fino que una lombriz, como la piel de una serpiente transparente.

De pronto, dejó de enrollarlo.

—No quiere salir —dijo—. Se agarra.

Sentí un frío repentino en el corazón, como si una esquirla de hielo se hubiera alojado en él. La anciana giró la muñeca con habilidad, y aquella cosa brillante quedó colgando de la aguja (me encontré pensando no en el mercurio, sino en los plateados rastros de baba que dejan los caracoles en el jardín), y ya no volvió a entrar en mi pie.

La anciana me soltó el pie y lo retiré. El diminuto agujero había desaparecido por completo, como si nunca hubiera estado allí.

La señora Hempstock soltó una carcajada.

—Se cree muy lista —dijo— dejando su camino de regreso dentro del chico. ¿Eso es ser lista? No lo creo. No daría ni dos peniques por todos ellos.

Ginnie Hempstock sacó un bote de mermelada vacío, y la anciana introdujo en él el extremo de aquella cosa que colgaba de la aguja, luego alzó el jarro y finalmente lo dejó caer dentro del bote y le puso la tapa con un decidido golpe de muñeca.

—¡Ja! —dijo. Y lo repitió—: ¡Ja!

—¿Puedo verlo? —preguntó Lettie.

Cogió el bote de mermelada y lo alzó para examinarlo a la luz. Dentro del bote, la cosa había empezado a desenroscarse con parsimonia. Daba la impresión de que flotaba, como si el bote estuviera lleno de agua. Cambiaba de color según cómo le diera la luz, unas veces parecía negro y otras plateado.

Encontré hace tiempo un experimento en un libro sobre cosas que pueden hacer los niños y, naturalmente, lo puse en práctica: si coges un huevo, y lo ahumas con la llama de una vela, y luego lo metes en un recipiente transparente lleno de agua con sal, el huevo flotará y parecerá plateado. Es solo un efecto óptico. Mirando el bote me acordé de aquel experimento.

Lettie parecía fascinada.

—Tienes razón. Dejó su camino de regreso dentro de él. No me extraña que no quisiera dejarle marchar.

—Siento mucho haberte soltado la mano, Lettie —le dije.

—Oh, calla —replicó—. Las disculpas siempre llegan tarde, pero te agradezco la intención. La próxima vez no te soltarás de mi mano nos tire lo que nos tire.

Asentí con la cabeza. La esquirla de hielo de mi corazón empezó a calentarse, se derritió y volví a sentirme completo y seguro de nuevo.

—Bueno —dijo Ginnie—. Tenemos su camino de regreso. Y tenemos al niño a salvo. Podemos decir que ha sido una noche de lo más productiva.

—Pero ella tiene a los padres del niño —dijo la anciana señora Hempstock—. Y a su hermana. Y no podemos dejarla suelta por ahí. ¿Os acordáis de lo que pasó en tiempos de Cromwell? ¿Y antes de eso? ¿Cuando Rufus *el Rojo* andaba suelto por ahí? Las pulgas atraen a las alimañas —sentenció, como si fuera una ley de la naturaleza.

—Pero eso puede esperar a mañana —dijo Ginnie—. Lettie, coge a tu amigo y búscale una habitación donde dormir esta noche. Ha sido un día muy largo para él.

La gatita negra estaba acurrucada en la mecedora que había junto a la chimenea.

—¿Puedo llevármela?

—Si no lo haces —dijo Lettie—, irá a buscarte.

Ginnie trajo dos palmatoriass, de esas que tienen asas grandes y redondas, con un trozo de cera blanca sin moldear en cada uno de ellas. Prendió una astilla en el fuego de la chimenea, y con ella encendió primero una vela y luego la otra. Me dio a mí una de las palmatorias y otra a Lettie.

—¿No tenéis electricidad? —pregunté.

Había luces eléctricas en la cocina, grandes bombillas antiguas que colgaban del techo, con filamentos resplandecientes.

—No en esa parte de la casa —dijo Lettie—. La cocina es nueva. Más o menos. Pon la mano delante de la vela al andar, para que no se te apague.

Lettie puso la mano alrededor de su vela según me lo decía, y yo la imité, y la seguí. La gatita negra se vino con nosotros, salimos de la cocina por una puerta de madera pintada de blanco, bajamos un escalón y entramos en la casa.

Estaba oscuro, y nuestras velas proyectaban gigantescas sombras, por lo que, según avanzábamos por el pasillo, me daba la impresión de que todo se movía, el reloj de pared y los animales disecados y los pájaros («¿estarían realmente disecados? —me pregunté—. ¿Se había movido ese búho, o era la oscilante llama de la vela la que me había inducido a creer que había girado la cabeza cuando pasamos por delante?»), la mesa del salón, las sillas. Todo ello se movía a la luz de las velas, y a la vez permanecía completamente inmóvil. Subimos un tramo de escaleras, luego unos cuantos escalones más, y pasamos por delante de una ventana abierta.

La luz de la luna se derramaba sobre los escalones, brillando más que la luz de nuestras velas: miré por la ventana y vi la luna llena. El cielo despejado estaba salpicado por una miríada de estrellas.

—Es la luna —dije.

—A la abuela le gusta así —dijo Lettie Hempstock.

—Pero ayer estaba en cuarto creciente. Y ahora hay luna llena. Y estaba lloviendo. Está lloviendo. Pero ahora no.

—A la abuela le gusta que en este lado de la casa brille la luna llena. Dice que invita al descanso, y le recuerda sus años mozos —dijo Lettie—. Y así no te tropiezas con los escalones.

La gatita subía detrás de nosotros saltando los escalones. Me hizo sonreír.

En lo más alto de la casa estaba la habitación de Lettie y, al lado, había otro dormitorio, donde entramos. El fuego ardía en la chimenea, iluminando la habitación en tonos amarillos y anaranjados. La habitación era muy acogedora y calentita. La cama tenía cuatro palos en las esquinas y sus propias cortinas. Había visto camas similares en los dibujos animados, pero nunca en la vida real.

—Te he dejado preparada algo de ropa para mañana —dijo Lettie—. Duermo en la habitación de al lado, por si me necesitas; solo tienes que darme una voz o golpear la pared con los nudillos y vendré enseguida. La abuela ha dicho que puedes usar el baño interior, pero está en la otra punta de la casa y podrías perderte, así que si necesitas ir al baño usa el orinal que hay debajo de la cama, como se ha hecho siempre.

Apagué mi vela, y la habitación quedó iluminada por el fuego de la chimenea. Corrí las cortinas y me subí a la cama.

La habitación estaba bien caldeada, pero las sábanas estaban muy frías. La cama se movió cuando algo saltó encima, y a continuación vi unas pequeñas zarpas andando sobre las mantas, y una presencia cálida y peluda se apretó contra mi cara, y la gatita empezó a ronronear.

Seguía habiendo un monstruo en mi casa, y, en un fragmento de tiempo que quizá había sido recortado de la realidad, mi padre me había sumergido en el agua de la bañera y, quizá, había intentado ahogarme. Había corrido varias millas en la oscuridad. Había visto a mi padre besando y acariciando a aquella cosa que se hacía llamar Ursula Monkton. El temor no había abandonado mi alma.

Pero había una gatita en mi almohada, y ronroneaba junto a mi cara, vibrando suavemente con cada ronroneo, y, casi sin darme cuenta, me quedé dormido.

143

Diez

*E*sa noche tuve sueños extraños en aquella casa. Me desperté en la oscuridad, y lo único que sabía era que un sueño me había asustado tanto que tenía que despertarme o morir, y sin embargo, por más que lo intentara, no era capaz de recordar lo que había soñado. El sueño me tenía hechizado: estaba detrás de mí, presente y sin embargo invisible, igual que mi nuca, que estaba y no estaba allí al mismo tiempo.

Echaba de menos a mi padre, y a mi madre; echaba de menos mi cama, en mi casa, que estaba a más de un kilómetro y medio. Echaba de menos el pasado, antes de Ursula Monkton, antes del ataque de furia de mi padre, antes de lo que sucedió en la bañera. Quería recuperar ese pasado, lo deseaba con toda mi alma.

Intenté rescatar ese sueño que tanto me había asustado del fondo de mi mente, pero se resistía. Tenía algo que ver con una traición, eso lo sabía, y con la pérdida, y con el tiempo. El sueño me había dejado demasiado asustado para poder dormir: la chimenea estaba prácticamente a oscuras ya, tan solo el resplandor rojizo de las brasas indicaba que allí había ardido un fuego que iluminaba la habitación.

Me bajé de la cama con dosel, y palpé debajo de ella hasta encontrar el pesado orinal de porcelana. Me levanté el camisón y lo usé. Luego me acerqué a la ventana para mirar. La luna llena seguía allí, pero había descendido en el cielo y era de un naranja oscuro: lo que mi madre llamaba una luna de cosecha. Pero el tiempo de la cosecha era el otoño. Estaba seguro, no era la primavera.

Bajo aquella luz anaranjada pude ver a una anciana —estaba casi seguro de que era la anciana señora Hempstock, aunque no podía distinguir bien sus rasgos— caminando arriba y abajo. Llevaba un largo y grueso palo en el que se apoyaba al caminar, como un cayado. Me recordaba a unos soldados que había visto desfilar en un viaje a Londres, delante del palacio de Buckingham.

Me quedé mirándola, y eso me hizo sentir mejor.

A oscuras, volví a meterme en la cama, recosté la cabeza en la almohada y pensé: «No pienso volver a dormirme, ahora no», y cuando abrí los ojos ya era de día.

Encontré una ropa que no conocía en una silla que había junto a la cama. Había dos jarras de porcelana llenas de agua —una muy caliente, y otra fría— junto a una palangana de porcelana blanca que, según pude comprobar, era en realidad un lavabo encastrado en una mesita de madera. La gatita se había vuelto a echar a los pies de la cama. Abrió los ojos cuando me levanté: eran de un intenso azul verdoso, insólitos y extraordinarios, como el mar en verano, y emitió un largo y agudo maullido, en tono inquisitivo. La acaricié y me levanté de la cama.

Mezclé el agua caliente con la fría en la palangana, y me lavé la cara y las manos. Me lavé los dientes con agua fría. No había pasta de dientes, pero había una cajita de lata con un letrero de anticuada grafía: «Polvo dentífrico increíblemente eficaz de Max Melton». Puse un poco de polvo en el cepillo y me cepillé los dientes con él. Sabía a menta y a limón.

Examiné la ropa que me habían dejado en la silla. No había calzoncillos. Había una camiseta blanca, sin botones pero con un largo faldón, unos pantalones marrones hasta la rodilla, un par de medias blancas y largas y una chaqueta marrón con un corte en forma de «V» en la espalda, como la cola de una golondrina. Los calcetines de color marrón claro parecían más bien medias. Me vestí con aquella ropa lo mejor que pude, deseando que hubiera tenido cremalleras o corchetes, en lugar de ganchos y botones y aquellos ojales rígidos por los que no había manera de pasar un botón.

Los zapatos tenían unas hebillas plateadas en la parte delantera, pero me quedaban demasiado grandes, así que salí de la habitación descalzo, y la gatita se vino conmigo.

Para llegar a mi habitación la noche anterior había subido unas escaleras y, al llegar arriba, había girado a la izquierda. Ahora giré a la derecha, pasé por delante de la habitación de Lettie (la puerta estaba entornada, y la habitación vacía) y me dirigí hacia las escaleras. Pero la escalera no estaba donde yo la recordaba. El pasillo terminaba en una pared vacía, y una ventana que daba al bosque y a los campos.

La gatita negra con ojos azul verdoso maulló, alto, como para llamar mi atención, y volvió hacia el pasillo pavoneándose, con el rabo bien tieso. Me guio por el pasillo, doblamos una esquina, nos metimos por un pasadizo que no había visto hasta ese momento y lle-

147

gamos a las escaleras. La gata las bajó saltando, y yo bajé tras ella.

Ginnie Hempstock estaba al pie de las escaleras.

—Has dormido mucho y bien —dijo—. Ya hemos ordeñado las vacas. Tu desayuno está sobre la mesa, y junto a la chimenea hay un plato de nata para tu amiga.

—¿Dónde está Lettie, señora Hempstock?

—Ha salido a hacer un recado, a buscar algunas cosas que podría necesitar. Esa cosa que hay en tu casa tiene que irse, o surgirán problemas, y el asunto puede ponerse muy feo. Ya la encadenó una vez, y se ha deshecho de sus cadenas, así que tiene que mandarla de vuelta a casa.

—Yo solo quiero que Ursula Monkton se vaya —dije—. La odio.

148 Ginnie Hempstock estiró un dedo y acarició mi chaqueta.

—No es la clase de ropa que suele llevar la gente hoy en día —dijo—. Pero mi madre le ha dado un toque de glamur, así que nadie va a fijarse. Puedes pasearte por donde quieras, que nadie notará nada extraño en tu ropa. ¿Y los zapatos?

—Me quedan grandes.

—Entonces te dejaré algo que puedas calzarte en la puerta de atrás.

—Gracias.

—Yo no la odio —dijo Ginnie—. Hace lo que hace porque es su naturaleza. Estaba dormida, despertó, y está intentando darle a todo el mundo lo que quiere.

—A mí no me ha dado nada que yo quiera. Dice que quiere encerrarme en el desván.

—Da igual. Tú eras su camino de regreso aquí, y es muy peligroso ser una puerta. —Me dio unos golpecitos en el pecho, justo por encima de mi corazón, con el dedo índice—. Ella estaba mucho mejor donde estaba. Nosotras la habríamos mandado de vuelta a casa sin problemas, lo hemos hecho ya muchas veces con otras criaturas como ella. Pero nos ha salido cabezota. No atiende a razones. En fin, tienes el desayuno en la mesa. Estaré en el campo de los nueve acres, si alguien me necesita.

Había un cuenco con gachas sobre la mesa de la cocina y, al lado, un platito con un pegote de dorada miel y una jarra llena de nata amarilla y espesa.

Cogí un poco de miel con la cuchara y la disolví en las gachas, y luego añadí un poco de nata.

También había tostadas, hechas en el grill como las hacía mi padre, con mermelada casera de moras. Además, me bebí una taza de té, el más delicioso que he probado nunca. Junto a la chimenea había un plato de cremosa leche; la gatita se subió de un salto y ronroneó de tal manera que pude oírla desde el otro lado de la cocina.

Deseé poder ronronear, porque habría ronroneado de placer.

Llegó Lettie, con una bolsa de la compra como las de antes, como las que llevaban las mujeres mayores cuando salían a hacer la compra: grandes como cestas, de rafia por fuera y forradas en tela por dentro, con asas de cuerda. Aquella cesta iba prácticamente llena. Lettie tenía un arañazo en la mejilla que había sangrado, aunque la sangre ya estaba seca. No tenía buen aspecto.

—Hola —la saludé.

—Vaya —dijo—. Deja que te diga algo; si crees que ha sido divertido estás muy, pero que muy equivocado. Las mandrágoras chillan mucho cuando las arrancan, y yo no llevaba tapones para los oídos, y cuando por fin he conseguido arrancarla he tenido que cambiarla por una botella de sombras, una botella antigua con un montón de sombras disueltas en vinagre…

Untó de mantequilla una tostada, le añadió un pegote de miel y se puso a comer.

—Y eso solo para llegar hasta el bazar, y se supone que a estas horas ni siquiera están abiertos. Pero he podido encontrar casi todo lo que necesito.

—¿Puedo echar un vistazo?

—Si quieres.

Miré lo que había en la cesta. Estaba llena de juguetes rotos: ojos de muñecos, y cabezas y brazos, coches sin ruedas, canicas de cristal melladas. Lettie alargó el brazo y cogió el tarro de mermelada del alféizar. En su interior, el agujero plateado-transparente se retorcía, se enroscaba y se revolvía. Lettie lo echó dentro de la cesta, con los juguetes rotos. La gatita se había quedado dormida y nos ignoraba por completo.

—No hace falta que vengas esta vez —dijo Lettie—. Puedes quedarte aquí mientras yo voy a hablar con ella.

Reflexioné un momento.

—Me sentiría más seguro estando contigo —le dije.

Al parecer no le hacía mucha gracia la idea.

—Vamos al océano —explicó.

La gatita abrió sus ojos verdiazulados y se quedó mirándonos marchar sin demasiado interés.

Había un par de botas de cuero negro, como botas de montar, esperándome junto a la puerta de atrás. Parecían viejas, pero bien conservadas, y eran de mi talla. Me las puse, aunque me sentía más cómodo con sandalias. Juntos, Lettie y yo fuimos hacia su océano, o lo que es lo mismo, el estanque.

Nos sentamos en el viejo banco y nos quedamos mirando la calma superficie marrón del estanque, y los nenúfares, y las lentejas de agua que flotaban en los bordes.

—Vosotras las Hempstock no sois personas —dije.

—También lo somos.

Dije que no con la cabeza.

—Seguro que ni siquiera es esa vuestra apariencia —dije—. No la verdadera.

Lettie se encogió de hombros.

—En el fondo, nadie es como aparenta ser. Tú, por ejemplo. O yo. Las personas son mucho más complicadas que eso. Y eso vale para todo el mundo.

—¿Eres un monstruo? —le pregunté—. ¿Cómo Ursula Monkton?

Lettie arrojó una piedrecita al estanque.

—Yo diría que no —respondió—. Hay monstruos de todos los colores y tamaños. Algunos son cosas que asustan a la gente. Otros tienen el aspecto de cosas que asustaban a la gente en tiempos pasados. A veces los monstruos son cosas que la gente debería temer y no teme.

—La gente debería tener miedo de Ursula Monkton —afirmé.

—Quizá. ¿Y a qué crees que le tiene miedo Ursula Monkton?

—No sé. ¿Por qué crees que le tiene miedo a algo? Es una adulta, ¿no? Y los adultos y los monstruos no tienen miedo.

—Oh, los monstruos sí que tienen miedo —dijo Lettie—. Por eso son monstruos. Y en cuanto a los adultos... —Dejó de hablar, se frotó su pecosa nariz

151

con un dedo—. Te voy a decir algo muy importante: por dentro, los adultos tampoco parecen adultos. Por fuera son grandes y desconsiderados y siempre parece que saben lo que hacen. Por dentro, siguen siendo exactamente igual que han sido siempre. Como cuando tenían tu edad. La verdad es que los adultos no existen. Ni uno solo, en todo el mundo. —Se quedó pensando un momento. Luego sonrió—. Solo mi abuela, claro está.

Nos quedamos allí sentados, el uno junto al otro, en el viejo banco de madera, sin decir nada. Pensé en los adultos, y me pregunté si sería cierto lo que decía Lettie: que en realidad todos eran niños envueltos en un cuerpo adulto, como libros infantiles escondidos entre las páginas de un largo y aburrido libro para adultos, de esos que no tienen ilustraciones ni diálogos.

—Me encanta mi océano —dijo Lettie, y supe que había llegado el momento de levantarse de allí.

—Pero es solo una fantasía —señalé, con la sensación de estar traicionando mi niñez al admitirlo—. Tu estanque no es un océano. No puede ser. Los océanos son más grandes que los mares. Tu estanque no es más que un estanque.

—Es todo lo grande que tiene que ser —dijo Lettie Hempstock, molesta. Suspiró—. Será mejor que nos pongamos manos a la obra con el asunto de mandar a Ursula Loquesea de vuelta al lugar de donde vino. —Se quedó callada un momento, y luego añadió—: Yo sí sé qué es lo que le da miedo. ¿Y sabes qué? A mí también me dan miedo.

Cuando volvimos a la cocina no vi a la gatita por ninguna parte, aunque el gato gris estaba sentado en el alféizar, mirando por la ventana. Alguien había recogido los cacharros del desayuno y estaba todo limpio y ordenado, y mi pijama rojo y mi bata, doblados con esmero, me esperaban sobre la mesa, metidos en una bolsa grande de papel de estraza, junto con mi cepillo de dientes verde.

—No dejarás que me coja, ¿verdad? —le pregunté a Lettie.

Lettie meneó la cabeza y, juntos, echamos a andar por la pedregosa carretera que llevaba hasta mi casa y hasta aquella cosa que se hacía llamar Ursula Monkton. Yo llevaba la bolsa con mi pijama dentro, y Lettie llevaba su enorme cesta de rafia, llena de juguetes rotos, que había obtenido a cambio de una mandrágora que chillaba y de un frasco de sombras disueltas en vinagre.

Como ya he dicho antes, los niños usan caminos secundarios y senderos ocultos, mientras que los adultos siguen carreteras y caminos principales. Salimos de la carretera y cogimos un atajo que conocía Lettie. Cruzamos una serie de campos, luego pasamos por los abandonados jardines de una mansión en ruinas, y a continuación volvimos a salir a la carretera. Salimos un poco más adelante del lugar por el que yo había saltado la valla metálica.

Lettie olfateó el aire.

—No parece que haya alimañas por aquí —dijo—. Eso es bueno.

—¿Qué son esas alimañas?

—Las reconocerás cuando las veas —dijo—. Y espero que nunca las veas.

—¿Vamos a colarnos?

—¿Y por qué habríamos de hacerlo? Iremos por el camino de entrada y por la puerta principal, como unos señores.

Caminamos por el sendero.

—¿Vas a hacer un conjuro para echarla de aquí?

—Nosotras no hacemos conjuros —dijo. Me pareció que le fastidiaba un poco admitirlo—. A veces seguimos recetas. Pero no hacemos conjuros ni sortilegios. La abuela no soporta ese tipo de cosas. Dice que son vulgares.

—Y entonces, ¿para qué es todo eso que llevas en la cesta?

—Para impedir que algo viaje cuando no quieres que lo haga. Para marcar los límites.

A la luz del sol matinal, mi casa parecía muy acogedora y hospitalaria, con sus cálidos ladrillos rojos y su rojo tejado. Lettie metió la mano dentro de la cesta. Sacó una canica y la incrustó en el suelo todavía húmedo. Luego, en lugar de entrar en la casa, giró a la izquierda y recorrió el límite de la parcela. Pero al llegar al huerto del señor Wollery nos paramos y Lettie sacó otra cosa de la cesta: el rosado cuerpo de una muñeca sin cabeza, sin piernas y con las manos mordisqueadas. La enterró junto a las matas de guisantes.

Cogimos algunas vainas, las abrimos y nos comimos los guisantes que había dentro. Los guisantes me desconcertaban. No entendía por qué los adultos cogían una cosa que sabía tan bien recién cogida de la mata y cruda, la metían en una lata y la convertían en algo repugnante.

Lettie colocó una jirafa de juguete —un muñequito de plástico de esos que hay en los juguetes que representan un zoo o el arca de Noé— en la carbonera, detrás de un trozo grande de carbón. La carbonera olía a humedad, a negrura y a bosque viejo y machacado.

—¿Estas cosas harán que se marche?

—No.

—Y entonces, ¿para qué son?

—Para impedir que se vaya.

—Pero queremos que se vaya.

—No. Queremos que vuelva a su casa.

Me quedé mirándola: su corto cabello castaño cobrizo, su nariz chata, sus pecas. Parecía tres o cuatro años mayor que yo. Pero puede que tuviera tres mil o cuatro mil años más, o millones. Habría ido con ella hasta las mismísimas puertas de Infierno. Pero aun así…

—Ojalá pudieras explicármelo todo con claridad —le dije—. Me hablas en enigmas todo el rato.

Sin embargo, no estaba asustado, y no habría sabido decir por qué no estaba asustado. Confiaba en Lettie, como había confiado en ella cuando fuimos a buscar aquella cosa andrajosa bajo el cielo naranja. Creía en ella, y eso significaba que sabía que no sufriría ningún daño a su lado. Lo sabía del mismo modo que sabía que la hierba es verde, que las rosas tienen espinas duras y afiladas y que los cereales para el desayuno son dulces.

Entramos en mi casa por la puerta principal. No estaba cerrada con cerrojo —salvo cuando nos íbamos de vacaciones, no recuerdo que la cerráramos nunca— y entramos sin más.

Mi hermana estaba practicando en el piano, en la sala de estar. Entramos. Nos oyó, dejó de tocar *Chopsticks* y se giró.

Me miró con curiosidad.

—¿Qué pasó anoche? —preguntó—. Pensé que te habías metido en un buen lío, pero cuando volvieron papá y mamá dijeron que te habías quedado en casa de unos amigos. ¿Por qué dirían que ibas a pasar la noche con tus amigos? Si tú no tienes amigos.

Entonces reparó en Lettie.

—¿Quién es?

—Una amiga mía —respondí—. ¿Dónde está ese horrible monstruo?

—No la llames así —dijo mi hermana—. Es muy buena. Se ha echado un rato.

Mi hermana no dijo nada de mi extraño atuendo.

Lettie Hempstock sacó un xilófono roto de su cesta y lo dejó sobre la pila de juguetes que se habían ido acumulando entre el piano y la caja azul de los juguetes con la tapa rota.

—Ya está —dijo—. Ha llegado el momento de ir a saludarla.

Sentí los primeros escalofríos de miedo dentro de mi pecho, y dentro de mi cabeza.

—¿Quieres decir que vamos a subir a su habitación?

—Sí.

—¿Qué está haciendo allí arriba?

—Está haciendo cosas con las vidas de la gente —dijo Lettie—. De momento solo a los que viven en esta zona. Descubre lo que ellos creen que necesitan e intenta proporcionárselo. Lo hace para convertir el mundo en un lugar en el que ella pueda ser más feliz. Un lugar más cómodo para ella. Más limpio. Ya no está obsesionada con darles dinero. Ahora lo que le preocupa es la gente que sufre.

Según subía por las escaleras, Lettie iba dejando algo en cada escalón: una canica de cristal con una cosita verde dentro; una taba metálica; una cuenta; un par de ojos azules de una muñeca, conectados por un plástico blanco que hacía posible que los ojos se abrieran y se cerraran; un pequeño imán en forma de herradura blanca y roja; una piedrecita negra; una insignia, como las que vienen en las tarjetas de felicitación, con la frase «Tengo siete años»; una caja de cerillas; una mariquita de plástico con un imán negro en la base; un coche de juguete, medio aplastado y sin ruedas; y, por último, un soldadito de plomo. Le faltaba una pierna.

Habíamos llegado arriba. La puerta de la habitación estaba cerrada.

—No te va a encerrar en el desván —dijo Lettie.

A continuación, sin llamar, abrió la puerta y entró en la habitación que antes era la mía; algo reticente, la seguí.

Ursula Monkton estaba tumbada en la cama con los ojos cerrados. Era la primera mujer adulta, aparte de mi madre, a la que veía desnuda, y la miré con curiosidad. Pero me interesaba más la habitación que ella.

157

Era mi antigua habitación, pero no lo era. Ya no. Había un pequeño lavabo amarillo, hecho a mi medida, y las paredes seguían siendo de color azul. Pero ahora había tiras de tela colgando del techo, una tela gris y andrajosa, como si fueran vendas, algunas tenían solo un pie de largo, otras casi llegaban al suelo. La ventana estaba abierta, y el viento agitaba las telas, y daba la impresión de que la habitación se movía, como una tienda o un barco en el mar.

—Tienes que irte —dijo Lettie.

Ursula Monkton se sentó en la cama y abrió los ojos, que ahora eran del mismo tono gris que los andrajos que colgaban del techo. Por la forma de hablar, parecía que aún estaba medio dormida:

—Ya no sabía qué hacer para que vinierais los dos aquí y, mira, aquí estáis.

—No nos has traído tú —dijo Lettie—. Hemos venido porque hemos querido. Y he venido a darte una última oportunidad para que te marches.

—No me iré a ninguna parte —dijo Ursula Monkton, enfurruñada como un niño pequeño cuando quiere algo—. Acabo de llegar. Y ahora tengo una casa. Incluso tengo mascotas; su padre es una monada. Estoy haciendo feliz a la gente. No hay nada como yo en todo este mundo. Precisamente ahora lo estaba comprobando. Soy la única. No pueden defenderse. No saben cómo hacerlo. Así que este es el mejor lugar de toda la creación.

Nos dedicó una radiante sonrisa. Era realmente guapa, para ser una adulta, pero, cuando tienes siete años, la belleza es una abstracción, no un imperativo. Me pregunto qué habría hecho yo si me hubiera sonreído así ahora: ¿le habría entregado mi mente, mi corazón o mi identidad sin más, como había hecho mi padre?

—Tú te crees que este mundo es así —dijo Lettie—. Crees que es fácil. Pero no lo es.

—Pues claro que lo es. ¿Qué me estás diciendo? ¿Que tú y tu familia vais a defender este mundo de mí? Tú eres la única que sale de los límites de la finca; e intentaste encadenarme sin saber mi nombre. Tu madre no habría sido tan necia. No te tengo miedo, niña.

Lettie metió la mano hasta el fondo de la cesta. Sacó el tarro de mermelada con el agujero de gusano transparente dentro y se lo enseñó.

—Aquí tienes tu camino de regreso —dijo—. Estoy siendo amable y considerada. Confía en mí. Cógelo. No creo que puedas llegar más allá de aquel lugar en el que te conocimos, donde el cielo era naranja, pero es lo más cerca de casa que puedes llegar y está lo suficientemente lejos de aquí. No puedo llevarte desde allí hasta tu lugar de origen, le pregunté a la abuela y me dijo que ya no existe, pero una vez que vuelvas podemos buscarte un lugar, un sitio parecido a tu tierra natal. Un lugar donde puedas ser feliz. Un lugar donde estés a salvo.

Ursula Monkton se levantó de la cama. Se puso en pie y nos miró. No había rayos a su alrededor, ya no, pero daba más miedo allí de pie, desnuda, que flotando en la tormenta. Era una mujer adulta, más que adulta. Era vieja. Y yo nunca me había sentido más niño.

—Soy muy feliz aquí —dijo—. Soy muy, muy feliz aquí —y añadió, casi con pesar—: Tú no lo eres.

Oí un ruido, un sonido suave y andrajoso, como un aleteo. Los trapos grises comenzaron a separarse del techo, uno por uno. Cayeron, pero no en línea recta. Cayeron hacia nosotros, desde todos los rincones de la habitación, como si fuéramos imanes y los atrajéramos hacia nuestros cuerpos. El primer jirón de tela aterrizó en el dorso de mi mano izquierda, y se me quedó pegado. Alargué la mano derecha y me lo quité: se resistió un poco, y al despegarlo hizo un ruido como de succión. Me dejó una marca en el lugar donde se había adherido a mi piel, una marca roja como si me hubiera hecho un chupetón y hubiera estado succionando mucho rato; incluso había gotitas de sangre. Las gotitas se extendían por mi piel al tocarlas, y entonces un largo jirón de tela comenzó a adherirse a mis piernas, y me aparté, mientras otro jirón aterrizaba sobre mi cara y otro se enrollaba alrededor de mis ojos, dejándome ciego, así que tiré de la tela que se me pegaba a los ojos, pero ahora otro jirón se enrolló en mis muñecas, juntándolas, y envolvió también mis brazos, pegándolos a mi cuerpo, haciéndome tropezar y caer al suelo.

Si tiraba de los jirones me hacía daño.

Lo veía todo gris. Me di por vencido. Me quedé allí tendido, sin moverme, concentrándome en respirar por la ranura que las vendas habían dejado sobre mi nariz. Me tenían inmovilizado, y parecía que habían cobrado vida.

Me quedé tendido en la alfombra, escuchando. No podía hacer otra cosa.

—Necesito al niño vivo —dijo Ursula—. Prometí que lo encerraría en el desván, y así lo haré. Pero tú, granjerita mía, ¿qué voy a hacer contigo? Algo apropiado. Quizá debería volverte del revés, y dejar tu corazón y tu cerebro desnudos y a la vista de todos, y el interior de tu piel también. Luego te dejaré aquí envuelta, en mi habitación, con los ojos abiertos, contemplando para siempre la oscuridad de tu interior. Puedo hacerlo.

—No —dijo Lettie, pero su voz sonaba triste—. Lo cierto es que no puedes. Ya te he dado tu oportunidad.

—Me amenazas. Pero son amenazas vanas.

—Yo no amenazo —dijo Lettie—. Cuando comprobabas si había en el mundo algún otro ser como tú, ¿no te has preguntado por qué no hay más criaturas primitivas por ahí? No, tú qué te vas a preguntar. Estabas tan contenta de ser la única que ni siquiera te has parado a pensar.

»La abuela llama «pulgas» a los de tu especie, Skarhach de la Fortaleza. Podría llamaros de cualquier forma, pero creo que lo de pulgas le hace gracia… A ella no le preocupan los de tu especie. Dice que sois más bien inofensivos, aunque un poco estúpidos. Por eso hay cosas que se comen a las pulgas, en esta parte de la creación. «Alimañas», las llama la abuela. Esas sí que no le gustan nada. Dice que son malas, y que es difícil deshacerse de ellas. Y siempre están hambrientas.

—¿Crees que me asustas? —dijo Ursula Monkton, y parecía asustada—. ¿Cómo es que sabes mi nombre?

—Lo he averiguado esta mañana. Iba buscando información sobre otras cosas, también. Marcadores de límites, para evitar que huyas y te metas en más líos. Y un rastro de migas de pan que lleva directamente hasta aquí, hasta esta habitación. Y ahora, abre el bote de mermelada, coge tu puerta y vamos a enviarte de vuelta a casa.

Esperé a que Ursula Monkton respondiera, pero no dijo nada. No hubo respuesta. Solo se oyó un portazo y ruido de pisadas, rápidas y sonoras, de alguien corriendo escaleras abajo.

Oí la voz de Lettie muy cerca de mí:

—Le habría ido mejor quedándose aquí y aceptando mi oferta.

Sentí cómo sus manos me arrancaban las vendas de la cara. Hicieron ruido al soltarse, pero ya no parecían vivas, y cuando me las arrancó se quedaron en el suelo, inmóviles. Esta vez no había gotitas de sangre en mi piel. Lo único que sentí fue que los brazos y las piernas se me habían quedado dormidos.

Lettie me ayudó a ponerme de pie. No parecía satisfecha.

—¿Adónde ha ido? —pregunté.

—Ha seguido el rastro hasta el jardín. Y está asustada. Pobre, está muy asustada.

—Tú también lo estás.

—Un poco, sí. Enseguida descubrirá que no puede salir de los límites que he establecido, espero —dijo Lettie.

Salimos de la habitación. En el lugar donde antes había estado el soldadito de plomo, en lo alto de las escaleras, ahora había una brecha. No se me ocurre una forma mejor de describirlo: era como si alguien hubiera sacado una foto de la escalera y hubiera arrancado al soldadito de la fotografía. Allí no había nada más que un espacio gris que no podía mirar mucho rato sin que me dolieran los ojos.

—¿De qué tiene miedo?

—Ya lo has oído. De las alimañas.

—¿A ti te dan miedo las alimañas, Lettie?

Vaciló un instante, pero un instante muy largo. Luego se limitó a contestar:

—Sí.

—Pero no tienes miedo de ella. De Ursula.

—No puedo tenerle miedo. Es lo que dice la abuela. Ella es como una pulga, henchida de orgullo, poder y lujuria, como una pulga henchida de sangre. Pero no puede hacerme daño. Expulsé a muchas como ella, en mis tiempos. La que vino en tiempos de Cromwell, esa sí que era harina de otro costal. Aquella hacía que la gente se sintiera sola. Acababan haciéndose daño solo para acabar con su soledad; se sacaban los ojos o se tiraban a un pozo y, mientras tanto, aquella cosa estaba sentada en el sótano de la Cabeza del Duque, como un sapo del tamaño de un bulldog.

Habíamos llegado al final de la escalera y nos dirigíamos al recibidor.

—¿Cómo sabes adónde ha ido?

—Oh, solo puede haber seguido el camino que le he marcado.

Mi hermana seguía tocando *Chopsticks* en la sala de estar.

La la LA la la
la la LA la la
la la LA la LA la LA la la

Salimos por la puerta principal.

—Era muy mala, la que vino en tiempos de Cromwell. Pero logramos expulsarla justo antes de que lle-
garan los pájaros del hambre.

—¿Los pájaros del hambre?

—Son lo que la abuela llama alimañas. Los que
limpian.

No sonaba mal. Sabía que Ursula tenía miedo de
ellos, pero yo no. ¿Por qué habría de temer a los que
limpian?

163

Once

Alcanzamos a Ursula Monkton en el jardín, junto a los rosales. Tenía en la mano el bote de mermelada con el inquieto agujero de gusano dentro. Tiró de la tapa, pero de pronto se detuvo y miró al cielo. Luego volvió a mirar el bote de mermelada.

Corrió hacia mi haya, la que tenía la escalera de cuerda, y lanzó el bote contra el tronco con todas sus fuerzas. Si lo que intentaba era romperlo, no lo consiguió. El tarro rebotó, aterrizó entre el musgo que cubría parcialmente las raíces y se quedó allí, indemne.

Ursula Monkton miró furiosa a Lettie.

—¿Por qué? —preguntó.

—Tú sabes por qué —contestó Lettie.

—¿Por qué ibas a dejarlos entrar?

Se había echado a llorar, y yo me sentía incómodo. No sabía qué hacer cuando un adulto se echaba a llorar. Era algo que solo había visto en dos ocasiones: había visto llorar a mis abuelos cuando murió mi tía, en el hospital, y también había visto llorar a mi madre. Los adultos no deberían llorar. No tienen una madre que los consuele.

Me pregunté si Ursula Monkton habría tenido madre alguna vez. Tenía la cara y las rodillas manchadas de barro, y lloraba.

Oí un ruido a lo lejos, un ruido raro y extravagante: una especie de tamborileo, como si alguien hubiera tirado de una cuerda muy tensa.

—No seré yo quien los deje entrar —dijo Lettie Hempstock—. Ellos van a donde quieren. No suelen venir aquí porque no hay nada que les sirva de alimento. Pero ahora hay algo.

—Mándame de vuelta —dijo Ursula Monkton.

Y en ese momento no me pareció que su aspecto fuera en absoluto humano. Había algo raro en su cara: una aleatoria combinación de rasgos que me hacían pensar en una cara humana, como los nudos del tronco de mi haya, o el dibujo del cabecero de madera de la cama de mi abuela, que, cuando los miraba a la luz de la luna, me parecían un viejo con la boca abierta de par en par, como si estuviera gritando.

Lettie cogió el bote del lecho de musgo y trató de desenroscar la tapa.

—Con el golpe, has hecho que se atasque —dijo.

Fue hacia el sendero de piedra, puso el bote boca abajo y, sujetándolo por la base, le dio un golpe seco contra el suelo. A continuación, volvió a ponerlo boca arriba y giró la tapa. Esta vez no tuvo la menor dificultad para abrirlo.

Le pasó el bote a Ursula Monkton, que metió los dedos dentro y sacó aquella cosa transparente que había sido un agujero en mi pie. Se retorcía y se enroscaba de alegría entre sus dedos.

Ursula lo arrojó al suelo. Cayó sobre la hierba y creció. Pero en realidad no crecía. Cambiaba: como si estuviera más cerca de mí de lo que yo pensaba. Podía ver a través de él, de un lado a otro. Podría haberme deslizado por él, si el otro extremo del túnel no desembocara en un inhóspito cielo naranja.

Mientras lo miraba, volví a sentir un dolor en el pecho: una sensación de intenso frío, como si me hubiera atiborrado de helado y se me hubieran congelado las tripas.

Ursula Monkton caminó hacia la entrada del túnel. (¿Cómo era posible que aquel diminuto agujero de gusano fuera un túnel? No podía entenderlo. Seguía siendo un agujero de gusano transparente, que a veces parecía de plata y otras veces negro; estaba sobre la hierba y medía menos de medio metro de largo. Supongo que era como si hubiera hecho *zoom* sobre algo diminuto. Pero el caso es que también era un túnel, y podrías haber metido en él una casa entera).

Entonces se detuvo, y se echó de nuevo a llorar.

—Mi camino de regreso —fue lo único que dijo—. Está incompleto. Está roto. La última parte de la puerta no está ahí…

Ursula miró a su alrededor, con desconcierto y preocupación. Clavó la vista en mí, pero no en mi cara, sino en mi pecho. Y sonrió.

Entonces se agitó. Era una mujer adulta, desnuda y manchada de barro, y de repente, como si fuera una sombrilla de color carne, se desplegó.

Y mientras se desplegaba, alargó una mano y me agarró, y me levantó en el aire, y yo, aterrorizado, alargué la mano y me agarré a ella.

Lo que agarraba era carne. Estaba a más de cuatro metros del suelo, o más, la altura de un árbol.

Lo que agarraba no era carne.

Estaba agarrado a una tela vieja, lona desgastada y podrida, y debajo de ella solo había madera. No una madera maciza y buena, sino más bien muerta y podrida, como la de un árbol quebrado, de esa que siempre parece húmeda y se puede desmenuzar con los dedos, una madera blanda llena de bichos y hongos filiformes.

Chirriaba y se mecía mientras me sujetaba en alto.

HAS BLOQUEADO LOS CAMINOS, le dijo a Lettie Hempstock.

—Yo no he bloqueado nada —dijo Lettie—. Tienes a mi amigo. Bájalo.

Lettie estaba a mucha distancia de mí, y yo tenía miedo a las alturas y tenía miedo de la criatura que me sujetaba.

EL CAMINO ESTÁ INCOMPLETO. LOS CAMINOS ESTÁN BLOQUEADOS.

—Bájalo. Ya. Sin hacerle daño.

ÉL FORMA PARTE DEL CAMINO. EL CAMINO ESTÁ DENTRO DE ÉL.

Estaba seguro de que iba a morir allí mismo.

Yo no quería morir. Mis padres me habían dicho que no moriría del todo, no el auténtico yo: decían que nadie se moría del todo; que mi gatito y el minero solo habían tomado cuerpos nuevos y volverían enseguida. Yo no sabía si aquello era cierto o no. Solo sabía que ya me había acostumbrado a ser yo, y que me gustaban mis libros y mis abuelos y Lettie Hempstock, y que la muerte me arrebataría todas esas cosas.

LE VOY A ABRIR. EL CAMINO ESTÁ ROTO. SIGUE DENTRO DE ÉL.

Hubiera dado patadas, pero no había nada a lo que darle una patada. Tiré con los dedos de la cosa que me sujetaba, pero mis uñas se hundían en tela podrida y madera vieja y, debajo, notaba algo que era duro como un hueso; y la criatura me sostenía cerca de sí.

—¡Suéltame! —grité—. ¡Suél-ta-me!

No.

—¡Mamá! —grité—. ¡Papá! ¡Lettie, haz que me baje!

Mis padres no estaban allí. Lettie sí.

—Skarhach —dijo—. Déjalo en el suelo. Antes te he dado una oportunidad. Mandarte de vuelta a casa será más difícil, con el final de tu túnel dentro de él, pero podemos hacerlo… Y si mamá y yo no podemos, lo hará la abuela. Déjalo en el suelo.

ESTÁ DENTRO DE ÉL. NO ES UN TÚNEL. YA NO. NO TIENE FIN. ANCLÉ FIRMEMENTE EL CAMINO EN SU INTERIOR CUANDO LO HICE Y EL ÚLTIMO TRAMO SIGUE DENTRO DE ÉL. NO IMPORTA. LO ÚNICO QUE TENGO QUE HACER PARA LARGARME DE AQUÍ ES METER LA MANO EN SU PECHO Y ARRANCARLE SU PALPITANTE CORAZÓN, HACER LA ÚLTIMA PARTE DEL CAMINO Y ABRIR LA PUERTA.

Hablaba sin palabras, aquella cosa andrajosa y sin rostro; hablaba directamente en el interior de mi cabeza, y sin embargo había algo en sus palabras que me recordaba a la preciosa y musical voz de Ursula Monkton. Sabía que hablaba en serio.

—Has agotado todas las oportunidades que te he dado —dijo Lettie, como si estuviera diciendo que el cielo es azul.

Se llevó dos dedos a los labios y emitió un silbido que era a un tiempo dulce y muy estridente.

Vinieron como si hubieran estado esperando su llamada.

Volaban muy alto, y eran negros, tan negros que parecían motas en mis ojos en lugar de criaturas reales. Tenían alas, pero no eran pájaros. Eran criaturas más primitivas que los pájaros, y volaban en círculos, describiendo tirabuzones en el aire; había docenas de ellos, cientos quizás y, a diferencia de los pájaros, agitaban las alas muy despacio, y muy despacio también comenzaron a descender.

Me puse a imaginar un valle lleno de dinosaurios, hace millones de años, dinosaurios muertos en combate, o de alguna enfermedad: imaginé primero las carcasas medio podridas de los lagartos del trueno, los brontosaurios, más grandes que un autobús, y luego los buitres de aquella época: de color gris negruzco, desnudos, con alas pero sin plumas; rostros de pesadilla, hocicos en forma de pico con dientes muy afilados, hechos para desgarrar y devorar, y ojos rojos y famélicos. Aquellas criaturas habrían descendido sobre los cadáveres de los gigantescos lagartos del trueno, y no habrían dejado de ellos más que los huesos.

Eran enormes, elegantes, primitivos, y me dolían los ojos al mirarlos.

—Vamos —le dijo Lettie Hempstock a Ursula Monkton—. Déjalo en el suelo.

La cosa que me sostenía en el aire no hizo ademán de soltarme. No dijo nada; solo se desplazó rápidamente por la hierba, como un gigantesco y andrajoso barco, en dirección al túnel.

Pude ver la furia en los ojos de Lettie Hempstock, tenía los puños tan apretados que sus nudillos se habían vuelto blancos. Arriba, en lo alto, los pájaros del hambre volaban en círculos…

Y entonces, uno de ellos se lanzó en picado, a una velocidad inconcebible. Sentí una ráfaga de aire y vi una negrísima boca llena de afilados dientes y unos ojos que ardían como si lanzaran fuego, y oí que algo se desgarraba, un ruido similar al de una cortina al rasgarse.

La criatura voladora salió disparada hacia el cielo con un jirón de tela gris entre los dientes.

Oí a alguien llorar dentro y fuera de mi cabeza, era la voz de Ursula Monkton.

Entonces descendieron todos, como si hubieran estado esperando a que se lanzara el primero. Cayeron sobre la cosa que me sostenía en el aire, pesadillas devorando a una pesadilla, arrancando jirones de tela, y, mientras, oía llorar a Ursula Monkton.

YO SOLO LES HE DADO LO QUE NECESITABAN, decía, asustada y enfurruñada. LES HE HECHO FELICES.

—Obligaste a mi padre a hacerme daño —dije, mientras la cosa que me sujetaba en el aire intentaba quitarse de encima las pesadillas que desgarraban su tela.

Los pájaros del hambre seguían devorándola, arrancándole jirones de tela y alzando de nuevo el vuelo con la tela entre los dientes para volver a lanzarse sobre ella una y otra vez.

NUNCA LES HE OBLIGADO A HACER NADA, me dijo. Por un momento pensé que se estaba riendo de mí, pero entonces la risa se transformó en un alarido, tan agudo que me dolían los oídos y la mente.

Entonces fue como si el viento dejara de agitar aquel amasijo de trapos, y la cosa que me sostenía en el aire se desmoronó lentamente sobre el suelo.

Aterricé en la hierba con un fuerte golpe, y me despellejé las rodillas y las palmas de las manos. Lettie me ayudó a levantarme, a apartarme de los restos de aquella cosa que se había hecho llamar Ursula Monkton.

Todavía quedaba un trozo de tela gris, pero no era tela: se retorcía sobre el suelo en torno a mí, aunque

171

no había viento que lo moviera, era un amasijo en forma de gusano.

Los pájaros del hambre se lanzaron sobre él como las gaviotas sobre los peces que quedan varados en la playa, y lo devoraron como si llevaran mil años sin comer y necesitaran atiborrarse por si pasaban otros mil años sin poder comer. Despedazaban aquella cosa gris y, en mi mente, podía oírla gritar todo el tiempo mientras engullían su carne de tela podrida con sus afilados dientes.

Lettie me tenía agarrado por el brazo. No decía nada.

Esperamos.

Cuando cesó el griterío, supe que Ursula Monkton se había ido para siempre.

Una vez que las negras criaturas hubieron devorado por completo aquella cosa, cuando ya no quedaba nada, ni siquiera un jironcito de tela gris, centraron su atención en el túnel transparente, que se retorcía desesperadamente como si estuviera vivo. Unos cuantos lo engancharon con sus garras y salieron volando con él, llevándolo hacia lo alto mientras los demás lo devoraban con sus insaciables bocas.

Creí que cuando terminaran de comérselo se marcharían, volverían al lugar de donde habían venido, pero me equivoqué. Descendieron. Intenté contarlos mientras iban aterrizando, pero no pude. Calculé que serían varios cientos, pero puede que me equivocara. Puede que solo fueran veinte. O puede que fueran mil. No sabría explicarlo: quizá provenían de un lugar donde contar no tenía sentido, de algún lugar más allá del tiempo y los números.

Aterrizaron, y me quedé mirándolos, pero no vi más que sombras.

Un montón de sombras.

Y nos observaban.

—Ya habéis terminado el trabajo que vinisteis a hacer —dijo Lettie—. Ya tenéis vuestra presa. Lo habéis limpiado todo. Ya podéis volver a casa.

Las sombras no se movieron.

—¡Fuera! —dijo Lettie.

Las sombras se quedaron exactamente donde estaban. Si acaso, parecían más oscuras, más reales que antes.

—*No tienes poder sobre nosotros.*

—Puede que no —replicó Lettie—. Pero he sido yo quien os ha llamado, y ahora os digo que os volváis a casa. Ya habéis devorado a Skarhach de la Fortaleza. Habéis terminado vuestro trabajo. Ahora largaos de aquí.

—*Somos limpiadores. Hemos venido a limpiar.*

—Sí, y ya habéis limpiado lo que teníais que limpiar. Volved a casa.

—*No todo* —suspiró el viento entre los rododendros y el rumor de la hierba.

Lettie se volvió hacia mí y me rodeó con sus brazos.

—Vamos —dijo—. Rápido.

Cruzamos el jardín a toda prisa.

—Te voy a llevar al círculo de las hadas —me dijo—. Esperarás allí hasta que yo vuelva para recogerte. No salgas del círculo por nada del mundo.

—¿Por qué no?

—Porque podría sucederte algo malo. No creo que pueda llevarte sano y salvo hasta la granja, y no puedo arreglar esto yo sola. Pero dentro del círculo estarás a salvo. Veas lo que veas, oigas lo que oigas, no salgas del círculo. Quédate donde estás y no te pasará nada.

—Pero no es un círculo de las hadas de verdad —le dije—. Es solo un juego. Es un círculo de hierba normal y corriente.

—Es lo que es —dijo Lettie—. Nada ni nadie que intente hacerte daño puede entrar en él. Quédate dentro del círculo.

Me apretó la mano y me llevó hasta el círculo de hierba. Luego salió corriendo, se metió entre los rododendros y desapareció.

Doce

*L*as sombras se congregaron en torno al círculo. Eran manchas informes que solo estaban ahí, realmente ahí, cuando las miraba por el rabillo del ojo. Entonces sí tenían forma de pájaro. Entonces sí parecían hambrientos.

En mi vida he pasado más miedo que aquella tarde, en aquel círculo con el árbol muerto en el centro. Los pájaros no cantaban, los insectos no zumbaban. Nada cambiaba. Podía oír el rumor de las hojas y el suspiro de la hierba acariciada por el viento. No había nada allí que me asustara, salvo las sombras, y ni siquiera podía verlas cuando las miraba directamente.

El sol descendió en el cielo, y las sombras se desdibujaron a la luz del atardecer; si acaso, se volvieron más difíciles de ver, así que ahora ya ni siquiera estaba seguro de que estuvieran ahí. Pero no salí del círculo de hierba.

—¡Eh, chaval!

Me volví. Cruzaba el jardín y se dirigía hacia mí. Estaba vestido igual que la última vez que lo vi: esmoquin, una camisa blanca con chorreras y una pajarita negra. Su rostro seguía siendo de un alarmante rojo cereza, como si hubiera pasado demasiado tiempo en la playa, pero sus manos estaban muy pálidas. Parecía un muñeco de cera, no una persona, algo que uno esperaría ver en la Cámara de los Horrores. Sonrió al ver que le miraba, y ahora parecía un muñeco de cera sonriente; tragué saliva y deseé que volviera a salir el sol.

—Venga, chaval —dijo el minero de ópalo—. Lo único que haces es dilatar lo inevitable.

No dije una palabra. Me quedé mirándolo. Sus lustrosos zapatos negros avanzaron hasta el círculo de hierba, pero no lo cruzaron.

Mi corazón latía de tal forma que estaba seguro de que el minero podía oírlo. Se me erizó el vello de la nuca y el pelo se me puso de punta.

—Chaval —dijo con su fuerte acento sudafricano—, tienen que acabar con esto. Es su trabajo: son carroñeros, los buitres de la nada. Deben limpiar lo que queda de este lío. Dejarlo todo limpio y presentable. Te sacarán del mundo y será como si nunca hubieses existido. No te resistas. No te dolerá.

Me quedé mirándolo fijamente. Los adultos solo decían eso cuando algo iba a dolerte mucho.

El muerto vestido de esmoquin giró lentamente la cabeza hasta que pude ver su cara de frente. Tenía los ojos en blanco y parecía estar mirando al cielo sin verlo, como un sonámbulo.

—Ella no puede salvarte, amiguito —dijo—. Tu destino fue decidido y sellado hace días, cuando su presa te usó como puerta para pasar de aquel lugar a este y ancló su camino en tu corazón.

—¡No fui yo quien empezó todo esto! —le dije al muerto—. No es justo. Fuiste tú quien lo empezó.

—Sí —dijo el hombre muerto—. ¿Vienes?

Me senté de espaldas al árbol muerto que había en el centro del círculo de las hadas, y cerré los ojos, y no me moví. Me puse a recordar poemas para distraerme y los recité por lo bajinis, moviendo los labios pero sin emitir ningún sonido.

—La furia dijo a un ratón que encontró en la casa: «Vayamos los dos ante la ley: tengo que denunciarte».[4]

En el colegio me habían hecho aprenderme de memoria ese poema. Lo recitaba el ratón de *Alicia en el País de las Maravillas*, el que conoció cuando nadaba en el mar de sus propias lágrimas. En mi ejemplar de Alicia, el poema formaba curvas y se iba estrechando como la cola de un ratón.

Podía recitar el poema de un tirón sin pararme a respirar, y lo hice; lo recité hasta el inevitable final.

—«Yo seré el juez y el jurado», dijo astuta la Furia. «Yo juzgaré toda la causa y te condenaré a muerte.»

Cuando abrí los ojos y miré, el minero de ópalo ya no estaba allí.

El cielo se estaba volviendo gris y el paisaje perdía profundidad y se hacía más plano a medida que avanzaba el crepúsculo. Si las sombras seguían estando allí, yo ya no podía verlas; o más bien, todo a mi alrededor eran sombras.

Mi hermana pequeña salió corriendo de la casa, llamándome a voces. Se detuvo antes de llegar a mí y dijo:

4. Para las citas de *Alicia en el País de las Maravillas* he recurrido a la traducción española de la edición anotada de Martin Gardner: *Alicia Anotada*, L. Carroll (trad. de Francisco Torres Oliver). Akal, 1987. (*N. de la T.*)

—¿Qué estás haciendo?

—Nada.

—Papá está al teléfono. Quiere que te pongas.

—No, no es verdad.

—¿Qué?

—Que papá no ha dicho eso.

—Si no vienes, te la vas a cargar.

No sabía si aquella era mi hermana o no, pero yo estaba dentro del círculo de hierba, y ella estaba fuera de él.

Deseé tener un libro a mano, aunque apenas había luz para leer. Mentalmente, recité de nuevo el poema del ratón en el Mar de Lágrimas: «Vamos, no admito negativas; debemos tener un juicio: pues en verdad esta mañana no tengo nada que hacer».

—¿Dónde está Ursula? —preguntó mi hermana—. Estaba en su habitación, pero ya no está allí. Ni en la cocina ni en el baño. Quiero mi merienda. Tengo hambre.

—Pues prepárate algo para comer tú sola —le dije—. Ya no eres un bebé.

—¿Dónde está Ursula?

«Ha sido devorada por unos monstruos-buitres del espacio y, francamente, creo que tú eres uno de ellos o estás controlada por ellos o algo.»

—No lo sé.

—Cuando lleguen papá y mamá les voy a decir que hoy te has portado muy mal conmigo. Te la vas a cargar.

Me pregunté si sería o no mi hermana. Parecía su voz, desde luego. Pero no cruzó la línea donde la hierba era más verde, no entró en el círculo. Me sacó la lengua y corrió de nuevo hacia la casa.

«Y dijo el ratón a la perra: "Ese pleito, señora, sin jurado ni juez será una pérdida de tiempo"».

El crepúsculo avanzaba, todo tenía un aspecto desvaído e incoloro. Los mosquitos zumbaban en torno a mis orejas, e iban posándose, uno por uno, en mis mejillas y en mis manos. Me alegré de llevar puesta la estrafalaria y anticuada ropa del primo de Lettie Hempstock, porque apenas dejaba nada al descubierto. Intentaba matar los mosquitos con la mano, pero no todos salían volando. Uno de los que no salió volando, que se estaba cebando en mi muñeca, reventó bajo mi mano, dejando una gota de mi propia sangre, que resbaló por la parte anterior de mi brazo.

Unos murciélagos sobrevolaban mi cabeza. Me gustaban los murciélagos, siempre me habían gustado, pero aquella noche había demasiados; me recordaban a los pájaros del hambre, y no pude por menos de estremecerme.

El crepúsculo dio paso, de forma casi imperceptible, a la noche, y ahora estaba sentado en un círculo que ya no podía ver, al fondo del jardín. Las luces de la casa, las reconfortantes luces eléctricas, se encendieron.

No quería que la oscuridad me diera miedo. Las cosas reales no me daban miedo. Simplemente no quería seguir allí por más tiempo, esperando en la oscuridad a mi amiga, que me había dejado allí y no parecía tener intención de volver.

«... dijo astuta la Furia: "Yo juzgaré toda la causa y te condenaré a muerte".»

Me quedé exactamente donde estaba. Había visto cómo hacían tiras a Ursula Monkton, y cómo la devoraban unos carroñeros que pertenecían a otro universo distinto del que yo conocía. Si salía del círculo, harían lo mismo conmigo; estaba seguro.

Pasé de Lewis Carroll a Gilbert y Sullivan.

«Cuando yaces despierto con un deprimente dolor de cabeza y la ansiedad no deja lugar al reposo, entiendo que puedes usar el lenguaje que prefieras para soñar despierto.»

Me encantaba cómo sonaban aquellas palabras, aunque no estaba muy seguro de entenderlas del todo.

Tenía ganas de hacer pis. Me volví de espaldas a la casa y me aparté un poco del árbol, temiendo alejarme demasiado y salirme del círculo. Oriné en la oscuridad. Nada más terminar, cuando volví a darme la vuelta hacia la casa, la luz de una linterna me cegó y oí la voz de mi padre:

—¿Qué demonios estás haciendo ahí?

—Eeh… Nada, solo estoy aquí —respondí.

—Sí, ya me lo ha dicho tu hermana. Pues ya es hora de que entres en casa. La cena está en la mesa.

Me quedé donde estaba.

—No —dije, meneando la cabeza.

—No hagas el tonto.

—No estoy haciendo el tonto. Pero me quedo aquí.

—Venga —dijo, y, a continuación, en tono más alegre—. Venga, Apuesto George.

Lo de Apuesto George era un mote que me puso cuando era pequeño. Incluso tenía una canción que me cantaba mientras me montaba a caballito en sus piernas. Era la mejor canción del mundo.

No dije nada.

—No pienso llevarte en brazos hasta la casa —dijo mi padre, y por su tono supe que estaba empezando a enfadarse—. Ya eres demasiado grande para eso.

«Sí —pensé—. Y tú tendrías que entrar en el círculo de las hadas para cogerme en brazos.»

Pero en ese momento lo del círculo de las hadas

parecía una estupidez. Aquel era mi padre, no un muñeco de cera que hubieran fabricado los pájaros del hambre para obligarme a salir del círculo. Era de noche. Mi padre había vuelto del trabajo. Ya era hora.

—Ursula Monkton se ha marchado —le dije—. Y no va a volver.

Mi padre me respondió en tono irritado.

—¿Qué has hecho? ¿Le has dicho alguna barbaridad? ¿Has sido grosero con ella?

—No.

Enfocó el haz de la linterna hacia mi cara. La luz resultaba cegadora. Parecía que estaba intentando no perder los nervios.

—Dime qué es lo que le has dicho.

—No le he dicho nada. Se ha marchado, sin más. Y era cierto, o casi.

—Entra en casa ahora mismo.

—Por favor, papá. Tengo que quedarme aquí.

—¡Que entres en casa ahora mismo! —gritó mi padre, a voz en cuello, y no pude evitarlo: mi labio inferior tembló, mi nariz empezó a moquear y los ojos se me llenaron de lágrimas. Me escocían y las lágrimas no me dejaban ver bien, pero no terminaban de caer, así que parpadeé.

No sabía si estaba hablando con mi padre de verdad o no.

—No me gusta que me grites —le dije.

—¡Pues a mí no me gusta que te comportes como una pequeña bestia! —gritó, y yo me eché a llorar; las lágrimas rodaban por mis mejillas, y pensé que ojalá estuviera en cualquier otra parte.

Me había enfrentado a cosas mucho peores que él en las últimas horas. Y de repente, ya no me impor-

181

taba nada. Miré la silueta que estaba detrás de la linterna y dije:

—¿Hacer llorar a un niño hace que te sientas superior?

Y en ese mismo momento supe que era lo último que debería haber dicho.

Su rostro, o lo que el reflejo de la luz de la linterna me permitía ver, se crispó; mi padre parecía estupefacto. Abrió la boca para decir algo, pero volvió a cerrarla. No recuerdo haber visto nunca que mi padre se quedara sin palabras, ni antes ni después de aquello. Solo esa vez. Me sentí fatal. Pensé: «Voy a morir aquí en cualquier momento. No quiero que estas sean mis últimas palabras».

Pero la luz de la linterna se apartó de mí. Mi padre se limitó a decir:

182

—Estamos en casa. Te dejaré la cena en el horno.

La luz de la linterna se alejó por el jardín, pasando por los rosales y en dirección a la casa, hasta que desapareció y la perdí de vista. Oí cómo la puerta principal se abría y volvía a cerrarse.

Y por fin logras descansar y echar una cabezada,
con los ojos ardiendo y un incesante dolor de cabeza,
pero sueñas cosas tan horribles que preferirías
estar despierto…

Alguien se rio. Dejé de cantar y miré a mi alrededor, pero no vi a nadie.

—*The Nightmare song*, la canción de la pesadilla —dijo una voz—. Qué oportuna.

Se acercó un poco más, hasta que pude ver su rostro. Ursula Monkton seguía estando prácticamente desnuda, y sonreía. Había visto cómo la despedazaban unas horas antes, pero ahora estaba entera: aun así, no parecía tan sólida como los otros personajes que me habían visitado aquella tarde; podía ver las luces de la casa detrás de ella, a través de ella. Su sonrisa no había cambiado nada.

—Estás muerta —le dije.

—Sí. He sido devorada —dijo Ursula Monkton.

—Estás muerta. No eres real.

—He sido devorada —repitió—. No soy nada. Ellos me han dejado salir, solo un ratito, de ese lugar en su interior. Hace frío allí, y está muy vacío. Pero me han prometido que te traerán conmigo; así tendré algo con lo que jugar, algo que me haga compañía en la oscuridad. Y cuando te hayan devorado, tú tampoco serás nada. Pero lo que quede de esa nada será para mí, devorados y juntos, mi juguete y mi distracción, hasta el fin de los tiempos. Nos lo vamos a pasar en grande.

Una mano espectral se alzó, y tocó la sonrisa, y me tiró un espectral beso de Ursula Monkton.

—Te estaré esperando —dijo.

Los rododendros se agitaron a mi espalda y una voz, alegre, femenina y joven, dijo:

—Ya está. La abuela lo ha arreglado. Ya se ha ocupado de todo. Vamos.

La luz se alzaba ahora por encima de las azaleas, una luna creciente y luminosa.

Me senté junto al árbol muerto y no me moví.

—Venga, bobo. Ya te lo he dicho. Se han marchado —dijo Lettie Hempstock.

—Si de verdad eres Lettie Hempstock —le dije—, ven aquí.

Se quedó donde estaba, no era más que una silueta. Entonces se echó a reír, se agitó y se convirtió en otra sombra más: una sombra que llenaba la noche entera.

—Tienes hambre —dijo la voz en la noche, y ya no era la voz de Lettie. Podría haber sido una voz dentro de mi cabeza, pero hablaba en voz alta—. Estás cansado. Tu familia te odia. No tienes amigos. Y Lettie Hempstock, lamento decirlo, no va a volver.

Deseé poder ver quién estaba hablando conmigo. Si puedes enfocar tu miedo en algo concreto y visible, en lugar de en algo que podría ser cualquier cosa, todo es más fácil.

—No le importas a nadie —dijo la voz, con resignación y sentido práctico—. Sal del círculo y ven con nosotros. Basta con que des un paso. Pon el pie al otro lado de la raya y haremos que el dolor desaparezca para siempre: el dolor que sientes ahora y el que está por venir. Nunca lo sufrirás.

No era una sola voz, ya no. Eran dos personas hablando al unísono. O cien. No estaba seguro. Demasiadas voces.

—¿Cómo vas a ser feliz en este mundo? Tienes un agujero en el corazón. Tienes dentro de ti una puerta que conduce a otro mundo más allá del que tú conoces. Te llamarán, a medida que vayas creciendo. No podrás olvidarte de ellos nunca, tu corazón se pasará la vida anhelando algo que no puedes tener, algo que ni siquiera puedes llegar a imaginar, y ese anhelo no te dejará dormir, y te perseguirá durante toda tu vida, hasta que cierres los ojos por última vez, hasta que tus seres queridos te envenenen y vendan tu cuerpo para estudios de anatomía, e incluso entonces morirás con un agujero dentro de ti, y te lamentarás y te maldecirás por no haber podido vivir tu vida como es debido. Pero no crecerás. Puedes salir del círculo, y dejar que nosotros acabemos con todo eso, limpiamente, o puedes morir dentro del círculo, de hambre y de miedo. Y cuando estés muerto, tu círculo no te servirá de nada, y te arrancaremos el corazón y nos llevaremos tu alma de recuerdo.

—Puede que sea así —dije, dirigiéndome a la oscuridad y a las sombras— y puede que no. Y quizá, si es así, habría sido así de todos modos. No me importa. Pienso seguir aquí, esperando a Lettie Hempstock, y sé que va a volver a buscarme. ¡Y si me muero aquí, moriré esperándola, y creo que eso es mucho mejor que ir con vosotros para que me hagáis todas esas cosas absurdas y espantosas y me hagáis pedazos porque tengo algo dentro que ni siquiera he buscado!

Hubo un silencio. Las sombras parecían haberse fundido con la noche de nuevo. Pensé en lo que acababa de decir, y supe que era cierto. En ese momento, por una vez en toda mi infancia, no tenía miedo a la oscuridad, y estaba realmente dispuesto a morir (tan dispuesto como pueda estar un niño de siete años seguro de su inmortalidad) si era necesario que muriera esperando a Lettie. Porque Lettie era mi amiga.

Pasó el tiempo. Esperé a que la noche volviera a hablarme, a que siguiera viniendo gente, a que todos los fantasmas y los monstruos que vivían en mi imaginación fueran desfilando por allí para pedirme que saliera del círculo, pero fue en vano. Ya no sucedió nada más. Y me limité a esperar.

La luna estaba ya en lo alto del cielo. Mis ojos se habían acostumbrado a la oscuridad. Canté por lo bajinis, moviendo los labios.

Estás hecho una pena y te duele el cuello,
cómo no vas a roncar durmiendo con la cabeza en el suelo,
sientes pinchazos desde la planta del pie hasta la espinilla,

185

y un hormigueo en la carne, porque se te ha dormido la
pierna izquierda,
y tienes los dedos de los pies acalambrados y una mosca en
la nariz que espantas de un resoplido,
tienes la lengua febril
y una sed espantosa y una sensación general de que no has
dormido sobre un lecho de rosas...

Canté para mis adentros la canción entera, dos o
tres veces, y me alegré de recordar la letra, aunque no
la entendiera del todo.

Trece

Cuando volvió Lettie, la auténtica Lettie, traía un cubo de agua. Debía de pesar bastante, a juzgar por cómo lo llevaba. Puso un pie dentro de lo que debía de ser el límite del círculo y vino derecha hacia mí.

—Lo siento —dijo—. Hemos tardado más de lo que esperaba. Tampoco quería cooperar, y al final hemos tenido que hacerlo entre la abuela y yo, y eso que ella se ha encargado de la parte más pesada. Yo no iba a discutir con ella, pero no ha sido de mucha ayuda, y no es fácil....

—¿Qué? —pregunté—. ¿De qué estás hablando?

Dejó el cubo metálico en la hierba, a mi lado, sin derramar una sola gota.

—El océano —dijo—. Yo no quería ir. Le ha dado tanto trabajo a la abuela que ha dicho que después tendría que acostarse un rato. Pero al final hemos conseguido meterlo en el cubo.

El agua del cubo brillaba con una luz azul verdosa. La luz me permitía ver la cara de Lettie. En la superficie del agua se podían ver las olas, y observé cómo rompían contra la pared del cubo.

—No entiendo nada.

—No podía llevarte hasta el océano —dijo—, pero nada me impedía traerte el océano hasta aquí.

—Tengo hambre, Lettie —le dije—. Y no me gusta nada todo esto.

—Mamá ha preparado la cena. Pero vas a tener que pasar hambre un ratito más. ¿Has tenido miedo, estando solo aquí?

—Sí.

—¿Han intentado que salieras del círculo?

—Sí.

Me cogió las manos y las apretó.

—Pero te has quedado en tu sitio, y no les has hecho caso. Bien hecho. Eso es tener clase, sí señor —dijo, y parecía orgullosa. En ese momento me olvidé del hambre y del miedo.

—Y ahora, ¿qué tengo que hacer? —le pregunté.

—Ahora —dijo ella—, métete en el cubo. No hace falta que te descalces ni nada. Simplemente, métete en el cubo.

Ni siquiera me pareció raro lo que me pedía. Me soltó una mano, mientras seguía sosteniendo la otra. Pensé: «No pienso soltarte la mano, no a menos que tú me lo pidas». Metí un pie en la luminosa agua del cubo, y el nivel subió casi hasta el borde. Apoyé el pie en el fondo del cubo. El agua estaba fresca, pero no fría. Metí el otro pie y me hundí con él, como una estatua de mármol, y las olas del océano de Lettie Hempstock se cerraron sobre mi cabeza.

Me llevé un susto como el que me habría llevado si, caminando hacia atrás, sin mirar, me hubiera caído a una piscina. Cerré los ojos, pues me picaban, y apreté los párpados, los apreté con fuerza.

No podía nadar. No sabía dónde estaba ni qué era lo que estaba pasando, pero incluso estando bajo el agua sentía que Lettie me tenía cogido de la mano.

Aguantaba la respiración.

La aguanté hasta que ya no pude más, y entonces expulsé el aire e inhalé, pensando que iba a tragar agua, que me iba a ahogar, que iba a morir.

No tragué nada. Notaba el frescor del agua —si es que era agua— en el interior de la nariz y en la garganta, lo sentía en mis pulmones, pero nada más. No me hacía daño.

Pensé: «Es un agua que se puede respirar». Pensé: «A lo mejor es que hay algún truco para poder respirar agua, algo muy sencillo que puede hacer cualquiera, siempre que conozca el truco». Eso fue lo que pensé.

Eso fue lo primero que pensé.

Lo segundo que pensé fue que lo sabía todo. El océano de Lettie Hempstock fluía por dentro de mí, y llenaba el universo entero, desde Huevo hasta Rosa. Lo sabía. Sabía lo que era Huevo —donde comenzó el universo, con el canto de unas voces no creadas que cantaban en el vacío— y sabía dónde estaba Rosa —el peculiar pliegue del espacio sobre el espacio que daba lugar a diversas dimensiones que se plegaban como figuras de origami y florecían como extrañas orquídeas, y que marcaría la última época buena antes de que se acabara todo y llegara el siguiente Big Bang, que sería, ahora lo sabía, completamente distinto—.

Sabía que la anciana señora Hempstock viviría para verlo, igual que había visto el anterior.

Vi el mundo en el que había vivido desde mi nacimiento y comprendí lo frágil que era; comprendí que la realidad que yo conocía no era más que la fina capa de glaseado que cubre una inmensa y oscura tarta de cumpleaños, preñada de larvas, de pesadillas y de hambre. Vi el mundo desde arriba y desde abajo. Vi que había rutas y puertas y caminos más allá de la realidad. Vi todas esas cosas y las entendí y me llenaron por dentro, como me llenaban las aguas del océano.

Todo me susurraba en mi interior. Todo hablaba con todo, y yo lo sabía todo.

Abrí los ojos para ver qué había fuera de mí, para ver si se parecía a lo que había dentro.

Estaba flotando dentro del agua a gran profundidad.

Miré hacia abajo, y el azulado mundo que tenía debajo se transformó en oscuridad. Miré hacia arriba y sucedió lo mismo. Nada tiraba de mí hacia el fondo, nada me empujaba hacia la superficie.

Giré la cabeza, solo un poco, para mirarla, porque aún me tenía cogido de la mano, no me la había soltado en ningún momento, y vi a Lettie Hempstock.

Al principio no creo que supiera lo que estaba viendo. Para mí no tenía ningún sentido. Si Ursula Monkton estaba hecha de tela gris agitada por vientos de tormenta, Lettie Hempstock estaba hecha de sábanas de seda del color del hielo, llena de diminutas y oscilantes llamas de velas, cientos de llamas diminutas.

¿Podían arder las velas dentro del agua? Podían. Lo sabía, mientras estaba dentro del océano; incluso sabía cómo. Lo entendía del mismo modo que entendía la materia oscura, la materia de la que está hecho todo en el universo pero que no podemos ubicar. Empecé a pensar en un océano que pasaba por debajo de todo el universo, como las oscuras aguas que lamen las tablas de madera de un viejo embarcadero: un océano que se extiende desde la eternidad hasta la eternidad y, sin embargo, es lo suficientemente pequeño como para caber en un cubo, si puedes contar con la anciana señora Hempstock para que te ayude a meterlo ahí y se lo pides de buenas maneras.

Lettie Hempstock parecía hecha de pálida seda y llamas de velas. Me pregunté cómo me vería ella a mí, en aquel lugar, y supe que incluso sumergido en algo que no era otra cosa que conocimiento esa era la única cosa que no podía saber. Que si miraba hacia dentro solo vería una infinita sucesión de espejos, que me reflejaban a mí hasta la eternidad.

La seda con llamas de velas dentro se movió; fue un movimiento lento y grácil, como cuando te mueves dentro del agua. La corriente tiró de ella, y ahora tenía brazos y la mano que no me había soltado en ningún momento, y un cuerpo y una cara pecosa que me resultaba familiar, y abrió la boca y, con la voz de Lettie Hempstock, me dijo:

—Lo siento mucho.

—¿Qué es lo que sientes?

No me respondió. Las corrientes del océano agitaban mi cabello y mi ropa como brisas de verano. Ya no tenía frío y lo sabía todo y no tenía hambre y el mundo entero, tan grande y complicado, parecía sencillo y comprensible y fácil de descifrar. Quería quedarme todo el tiempo en aquel océano que era el universo, que era el alma, que era todo lo que importaba. Quería quedarme allí para siempre.

—No puedes —dijo Lettie—. Te destruiría.

Abrí la boca para decirle que nada podía matarme, ya no, pero ella dijo:

—Matarte no. Destruirte. Disolverte. Aquí dentro no morirías, nada muere nunca aquí dentro, pero, si te quedaras demasiado, pasado un tiempo solo existirían pequeñas partes de ti repartidas por todos lados, diseminadas. Y eso no está bien. Nunca habría suficiente de ti en un único sitio, así que no quedaría nada que pudiera considerarse un yo. Desaparecería el punto de vista, porque serías una secuencia infinita de vistas y de puntos…

Iba a discutírselo. Estaba equivocada, tenía que estarlo: me encantaba aquel sitio, ese estado, esa sensación, y no pensaba abandonarlo jamás.

Y entonces mi cabeza rompió el agua, y parpadeé y tosí, y estaba de pie, sumergido hasta los muslos en el estanque de detrás de la casa de las Hempstock, y Lettie estaba de pie a mi lado, cogida de mi mano.

Volví a toser, y sentí el agua saliendo de mi nariz, de mi garganta, de mis pulmones. Me llené los pulmones de aire limpio, a la luz de una inmensa luna llena, una luna de cosecha, que brillaba sobre el rojo tejado de las Hempstock y, por un último y perfecto momento, continué sabiéndolo todo: recuerdo que sabía cómo hacer que brillara la luna llena a voluntad, y que brillara justo en la parte de atrás de la casa, todas las noches.

Lo sabía todo, pero Lettie Hempstock me estaba sacando del estanque.

Todavía llevaba puesta aquella extravagante y anticuada ropa que me habían dado esa mañana y, según salía del agua hacia la hierba que lo rodeaba, descubrí que mi ropa y mi piel estaban perfectamente secas. El océano estaba de nuevo en el estanque, y el único conocimiento que retenía, como si acabara de despertar de un sueño en un día de verano, era el de que hacía no mucho lo había sabido todo.

Miré a Lettie a la luz de la luna.

—¿Esto es lo que te pasa a ti?

—¿Qué es «esto»?

—¿Lo sabes todo, todo el tiempo?

Negó con la cabeza. No sonrió.

—Sería muy aburrido saberlo todo. Tienes que olvidarte de eso si quieres seguir haciendo el ganso por aquí.

—¿O sea, que antes lo sabías todo?

Arrugó la nariz.

—Todo el mundo lo sabía. Ya te lo he dicho. No es nada especial eso de saber cómo funcionan las cosas. Y hablo en serio cuando digo que debes dejar atrás todo eso si quieres jugar.

—¿Jugar, a qué?

—A esto —dijo, e hizo un gesto con la mano que abarcaba la casa, el cielo, la imposible luna llena y las madejas y mantos y racimos de brillantes estrellas.

Deseé poder entender lo que quería decir. Era como si me estuviera hablando de un sueño que ambos habíamos compartido. Por un momento lo tuve tan cerca en mi mente que casi podía tocarlo.

—Debes de estar muerto de hambre —dijo Lettie, y se rompió el hechizo, y sí, estaba muerto de hambre, y el hambre se apoderó de mi mente y engulló lo que quedaba de mis sueños.

Tenía un plato esperándome en mi sitio, en la mesa de la inmensa cocina de la granja. Contenía un trozo de pastel de cordero, con la capa superior de puré de patata crujiente y dorada y, debajo, la carne picada, las verduras y la salsa. Me daba un poco de miedo comer fuera de casa; temía que hubiera algo que no me gustara y que me regañaran, o me obligaran a comérmelo todo trocito a trocito, como hacían en el colegio, pero la comida en casa de las Hempstock estaba siempre deliciosa. No me importaba nada.

Ginnie Hempstock estaba allí, trajinando con el delantal puesto, regordeta y acogedora. Comí en silencio, con la cabeza gacha, engullendo la comida con deleite. La mujer y la niña hablaban en voz baja y apremiante.

—Los tendremos aquí enseguida —dijo Lettie—. No son idiotas. Y no se marcharán hasta que se hayan llevado lo que vinieron a buscar.

Su madre resopló. Tenía las mejillas encendidas por el calor que desprendía el fuego de la cocina.

—Bobadas —dijo—. Son todo boca, si lo sabré yo.

Nunca había oído aquella expresión, y pensé que estaba diciendo que aquellas criaturas eran todo boca literalmente. Tampoco me parecía raro que las sombras fueran en realidad todo boca. Había visto cómo devoraban a aquella cosa gris que se hacía llamar Ursula Monkton.

194

Mi abuela me hubiera regañado por comer como un animal salvaje.

—Debes *essen*, comer como una persona —diría—, no como un *chazzer*, cerdo. Los animales *fress*, comen, las personas *essen*, que significa comer como una persona.

Fressen: así era como los pájaros del hambre se habían comido a Ursula Monkton y de esa misma manera me iban a comer a mí; estaba seguro de ello.

—Nunca había visto tantos juntos —dijo Lettie—. La otra vez que vinieron, en los viejos tiempos, no eran más que un puñado.

Ginnie me sirvió un vaso de agua.

—Eso es culpa tuya —le dijo a Lettie—. Colocaste señales y los llamaste. Lo que hiciste fue tocar la campana para anunciar que la cena estaba servida. No es de extrañar que todos acudieran a la llamada.

—Solo quería asegurarme de que se marchaba —dijo Lettie.

—Pulgas —espetó Ginnie, meneando la cabeza—. Son como las gallinas cuando salen del gallinero. Se pavonean por ahí muy orgullosas de sí mismas porque pueden comer todas las lombrices, todos los escarabajos y orugas que quieran, y no se paran a pensar en los zorros.

Removía la salsa de vainilla que tenía en el fuego con una larga cuchara de madera, con movimientos amplios y airosos.

—El caso es que ahora tenemos zorros. Y los vamos a mandar de vuelta a casa, exactamente igual que hemos hecho otras veces que han venido a husmear por aquí. Lo hemos hecho antes, ¿no?

—En realidad no —dijo Lettie—. O bien enviamos a la pulga de vuelta a casa y las alimañas se marchan porque no hay nada aquí que les interese, como pasó con aquella pulga del sótano en tiempos de Cromwell, o bien las alimañas vienen y se llevan lo que han venido a buscar. Como aquella pulga que hacía realidad los sueños de la gente en tiempos de Rufus *el Rojo*. La cogieron, se la llevaron volando y desaparecieron. Nunca antes hemos tenido que deshacernos de ellos.

Su madre se encogió de hombros.

—Viene a ser lo mismo. Los mandaremos de vuelta al lugar de donde vinieron y listo.

—¿Y de dónde han venido? —preguntó Lettie.

Ahora comía más despacio, quería que lo que me quedaba de pastel durara lo más posible, y apartaba los trozos con el tenedor.

—Eso no importa —dijo Ginnie—. Al final todos vuelven a casa. Seguramente terminarán por cansarse de esperar.

—Ya he intentado espantarlos —dijo Lettie Hempstock, más realista—. No lo he conseguido. Los cubrí con una cúpula de protección, pero no durará mucho más. Aquí estamos bien, obviamente; nada osa acercarse a esta granja a menos que nosotras lo permitamos.

—Acercarse o salir —dijo Ginnie.

Me retiró el plato vacío, y en su lugar dejó un cuenco con una rebanada de pudin de pasas bañado en una espesa salsa de vainilla.

Me supo a gloria.

No echo de menos ser un niño, pero echo de menos el placer que me producían las pequeñas cosas, por más que las cosas importantes se estuvieran desmoronando. No podía controlar el mundo en que vivía, no podía huir de las cosas, la gente o los momentos que me hacían daño, pero disfrutaba como un enano de lo que me hacía feliz. La salsa de vainilla era dulce y cremosa, las oscuras y gordas pasas de Corinto contrastaban perfectamente con la blanda cremosidad del pudin, y puede que estuviera a punto de morir, puede que nunca volviera a mi casa, pero la cena era espléndida, y tenía fe en Lettie Hempstock.

El mundo fuera de la cocina seguía esperando. El gato de color niebla de las Hempstock —creo que nunca supe su nombre— cruzó la cocina. Aquello me recordó…

—Señora Hempstock, ¿la gatita sigue aquí? ¿La gatita negra con una oreja blanca?

—Esta noche no —dijo Ginnie Hempstock—. Anda por ahí de paseo. Se ha pasado toda la tarde dormida en la butaca del recibidor.

Tenía ganas de acariciar su suave pelo. En realidad, quería despedirme.

—Hum. Si sucede. Si voy a morir de verdad. Esta noche —balbuceé, de forma entrecortada, sin saber muy bien adónde quería llegar.

Iba a pedirles algo, supongo; que me despidieran de mis padres, o que le dijeran a mi hermana que era injusto que a ella no le pasara nunca nada malo: que su vida era maravillosa y segura, mientras que yo me pasaba la vida de desastre en desastre. Pero tampoco me parecía bien, así que fue un alivio que Ginnie me interrumpiera.

—Nadie va a morir esta noche —dijo Ginnie Hempstock con firmeza.

Me retiró el cuenco vacío, lo lavó en el fregadero y, a continuación, se secó las manos en el delantal. Se quitó el delantal, salió al pasillo y volvió unos segundos después con un sencillo abrigo marrón y unas enormes botas de agua de color verde oscuro.

Lettie parecía menos confiada que Ginnie. Pero Lettie, por más sabia que fuera y más años que tuviera, era una niña, mientras que Ginnie era una adulta, y su confianza me dio mucha tranquilidad. Tenía fe en las dos.

—¿Dónde está la anciana señora Hempstock? —pregunté.

—Se ha echado un rato —dijo Ginnie—. Ya no es tan joven como antes.

—¿Cuántos años tiene? —pregunté, aunque no esperaba respuesta.

Ginnie se limitó a sonreír, y Lettie se encogió de hombros.

Cogí la mano de Lettie cuando salimos de la granja, prometiéndome a mí mismo que esta vez no la soltaría.

197

Catorce

Cuando entré en la casa por la puerta de atrás, había luna llena, y era una perfecta noche de verano. Cuando salí por la puerta principal con Lettie Hempstock y su madre, la luna era una delgada sonrisa blanca, alta en el cielo nublado, y soplaba el viento en 199 ráfagas, con repentinas brisas de primavera que cambiaban constantemente de dirección; de tanto en tanto, la brisa arrastraba algunas gotas de lluvia, sin que en ningún momento se decidiera a llover.

Cruzamos la granja, que apestaba a estiércol, y nos dirigimos hacia la carretera. Al pasar una curva nos detuvimos. Aunque estaba oscuro, yo sabía exactamente dónde estaba. Allí era donde había empezado todo. Era la curva donde el minero había aparcado el Mini blanco de mi padre, el lugar en el que había muerto en completa soledad, con la cara como la granadina, sufriendo por el dinero que había perdido, en el límite de las tierras de las Hempstock, donde la frontera entre la vida y la muerte era muy delgada.

—Creo que deberíamos despertar a la anciana señora Hempstock —dije.

—No es así como funciona la cosa—dijo Lettie—.

Cuando se cansa, duerme hasta que se despierta de forma espontánea. Puede dormir unos minutos o cien años. No se la puede despertar. Sería como intentar despertar a una bomba atómica.

Ginnie Hempstock se plantó en mitad de la carretera, de espaldas a la granja.

—¡Muy bien! —gritó a la noche—. ¡Aquí me tenéis!

Nada. Una ráfaga de viento cargada de humedad vino y se fue.

—A lo mejor se han ido todos a casa —dijo Lettie.

—Estaría bien que así fuera —dijo Ginnie—. Así nos dejábamos de tanto lío y tanta tontería.

Me sentía culpable. Era culpa mía, y lo sabía. Si no me hubiera soltado de la mano de Lettie nada de esto habría pasado. Ursula Monkton, los pájaros del hambre, todo eso era sin duda alguna responsabilidad mía. Incluso lo que había sucedido —que quizá ahora ya no había sucedido— en la bañera, la noche anterior.

Se me ocurrió una idea.

—¿No puedes recortarlo sin más? Me refiero a esa cosa que tengo en mi corazón, que es lo que buscan. ¿No podrías recortarlo como hizo anoche tu abuela?

Lettie me apretó la mano en la oscuridad.

—Quizá la abuela pudiera si estuviera aquí —dijo—. Yo no puedo. Y creo que mamá tampoco. Es muy difícil recortar las cosas y sacarlas del tiempo: tienes que asegurarte de que los bordes estén perfectamente alineados, ni siquiera la abuela sale siempre airosa de la tarea. Y esto es todavía más difícil que lo de ayer. Se trata de algo real. Creo que ni siquiera la abuela podría recortarlo sin lastimar tu corazón. Y necesitas un corazón para vivir. —A continuación anunció—: Ya vienen.

Pero yo ya sabía que algo estaba pasando, lo supe antes de que ella dijera nada. Por segunda vez vi aquel resplandor dorado que salía de la tierra; miré los árboles y la hierba, los setos y los sauces y los últimos narcisos, que empezaban a resplandecer con una tenue y delicada luz. Miré a mi alrededor, con una mezcla de temor y sorpresa, y observé que la luz era más brillante detrás de la casa y hacia el oeste, donde estaba el estanque.

Se oyó el batir de poderosas alas y una serie de golpes sordos. Me giré y los vi: los buitres de la nada, los carroñeros. Los pájaros del hambre.

Ya no eran sombras, allí no. Eran completamente reales, y aterrizaron en la oscuridad, justo en el límite del terreno luminoso. Aterrizaban en el aire y en los árboles, y avanzaban hacia nosotros, acercándose lo más que podían al dorado terreno de la granja Hempstock. Eran inmensos, mucho más grandes que yo.

Sin embargo, me resultaría muy difícil describir sus rostros. Podía verlos, mirarlos, distinguir cada uno de sus rasgos, pero en el momento en que apartaba la vista los olvidaba, y mi mente no retenía más que sus picos y sus garras, o sus sinuosos tentáculos, o sus quitinosas y peludas mandíbulas. No podía retener sus verdaderos rasgos. Cuando apartaba la vista, lo único que recordaba era que me habían mirado directamente, y que eran voraces.

—Muy bien, mis altivas bellezas —dijo Ginnie Hempstock en voz alta. Tenía los brazos en jarras—. No podéis quedaros aquí. Lo sabéis perfectamente. Ha llegado el momento de que os marchéis. —Y añadió—: Vamos.

Los innumerables pájaros del hambre se revolvie-

201

ron, pero no se movieron de su sitio y empezaron a emitir un ruido. Pensé que estaban cuchicheando, y luego me pareció que en realidad se estaban riendo.

Podía oír sus voces; eran distintas pero sonaban al unísono, así que no habría sabido decir cuál de las criaturas era la que hablaba:

—*Somos pájaros del hambre. Hemos devorado palacios, mundos, reyes y estrellas. Podemos quedarnos donde queramos.*

—*Cumplimos con nuestra función.*

—*Somos necesarios.*

Y soltaron tales risotadas que por el ruido daba la impresión de que se acercaba un tren. Apreté la mano de Lettie y ella me devolvió el apretón.

—*Entréganos al chico.*

—Estáis perdiendo el tiempo —replicó Ginnie—. Y me lo estáis haciendo perder a mí. Volved a casa.

—*Nos han llamado. No tenemos que marcharnos hasta que hayamos hecho lo que vinimos a hacer. Volvemos a dejarlo todo como se supone que debe estar. ¿Nos vas a impedir cumplir nuestra función?*

—Por supuesto que lo haré —dijo Ginnie—. Ya habéis disfrutado de vuestra cena. Ahora ya no sois más que una molestia. Largaos, condenadas alimañas. No daría ni medio penique por todos vosotros. ¡Volved a casa! —y agitó la mano en un gesto desdeñoso.

Una de las criaturas emitió un largo gemido de hambre y frustración.

Lettie tenía mi mano firmemente agarrada.

—Está bajo nuestra protección —dijo—. Está en nuestras tierras. Si ponéis un pie en nuestras tierras será vuestro final. Marchaos.

En un árbol, una de las criaturas batió las alas y emitió un chillido de triunfo y de gozo, un afirmativo grito de hambre y de alegría. Sentí que algo en mi interior reaccionaba al chillido, como la diminuta esquirla de hielo que sentía en el corazón.

—*No podemos cruzar el límite. Eso es cierto. No podemos sacar al niño de vuestras tierras. Eso también es cierto. No podemos atentar contra vuestra granja o contra las criaturas que en ella habitan...*

—Eso es. No podéis. ¡Así que largaos! Volved a casa. ¿No tenéis ninguna guerra a la que regresar?

—*No podemos atentar contra vuestro mundo, es cierto.*

—*Pero sí podemos hacerle daño a él.*

Uno de los pájaros del hambre inclinó el pico hasta la tierra que tenía a sus pies y comenzó a arañarla, no como si picoteara la tierra y la hierba, sino como si se estuviera comiendo una cortina o un telón con el mundo pintado en él. Allá donde devoraba la hierba no quedaba nada: una perfecta nada, solo un color que me recordaba al gris, pero era un gris informe y pulsátil como la nieve que se veía en la pantalla de nuestra tele cuando desconectabas la antena.

Aquello era el vacío absoluto. No la negrura, ni la nada. Aquello era lo que yacía bajo el fino telón de gasa pintada de la realidad.

Y los pájaros del hambre comenzaron a aletear y a congregarse.

Se posaron sobre un gigantesco roble y comenzaron a despedazarlo, y en cuestión de segundos el árbol desapareció, junto con todo lo que había detrás de él.

Un zorro salió de uno de los setos y se alejó por la carretera, con los ojos, la cara y la cola dorados por la luz que emanaba de la granja. Antes de llegar a la mitad de la carretera había sido arrancado del mundo, dejando solo un vacío tras de sí.

203

—Tenía razón el chico —dijo Lettie—. Tenemos que despertar a la abuela.

—No le va a gustar nada —dijo Ginnie—. Sería como intentar despertar a...

—Da igual. Si no la despertamos, destruirán toda esta parte de la creación.

—Pues no sé cómo —se limitó a decir Ginnie.

Un grupo de pájaros del hambre voló hasta una parte del cielo nocturno donde las estrellas solo podían verse entre los resquicios de las nubes, y arrancaron una constelación en forma de cometa cuyo nombre no conocía. Desgarraban, engullían y tragaban. En apenas unos segundos, donde antes había una constelación en el cielo, no quedó más que una nada pulsátil que yo no podía mirar directamente sin que los ojos me dolieran.

204

Yo era un niño normal. O lo que es lo mismo, era egoísta y no estaba del todo convencido de que existieran más cosas aparte de mí, y tenía la certeza —total, absoluta e inamovible— de que yo era lo más importante de toda la creación. No había nada que fuera más importante para mí que yo mismo.

Aun así, comprendía lo que estaba viendo. Los pájaros del hambre iban a despedazar —no, estaban despedazando— el mundo, arrancándolo y dejando solo la nada. En unos minutos, el mundo dejaría de existir. Mi madre, mi padre, mi hermana, mi casa, mis amigos del colegio, mi pueblo, mis abuelos, Londres, el Museo de Historia Natural, Francia, la televisión, los libros, el antiguo Egipto... Por mi culpa, todas esas cosas desaparecerían, y en su lugar no quedaría nada.

Yo no quería morir. Más aún, no quería morir igual que Ursula Monkton, despedazado en las garras y los picos de cosas que quizá no tuvieran ni patas ni cara.

No quería morir de ninguna de las maneras. Eso es lo que debéis entender.

Pero tampoco podía permitir que lo destruyeran todo, cuando estaba en mi mano detener la destrucción.

Solté la mano de Lettie Hempstock y eché a correr, lo más rápido que pude, sabiendo que si vacilaba, o iba más despacio, cambiaría de opinión, que sería lo peor que podía hacer, salvar mi vida.

¿Hasta dónde llegué? No muy lejos, supongo, como suele pasar.

Lettie Hempstock me gritaba que parara, pero seguí corriendo, atravesando la granja, donde cada brizna de hierba, cada piedrecita de la carretera, cada sauce y cada avellano brillaban con un resplandor dorado, y corrí hacia la oscuridad que había más allá de la granja Hempstock. Corrí, odiándome a mí mismo por correr, del mismo modo que me había odiado cuando salté del trampolín en la piscina. Sabía que no había vuelta atrás, que aquello solo podía acabar de forma dolorosa, y sabía también que estaba dispuesto a dar mi vida por salvar el mundo.

Los pájaros del hambre alzaron el vuelo según corría a su encuentro, igual que las palomas cuando corres hacia ellas. Comenzaron a volar en círculos, como negras sombras en la oscuridad.

Me quedé en medio de la oscuridad esperando a que descendieran. Esperé a que sus picos desgarraran mi pecho, y a que devoraran mi corazón.

Me quedé allí un par de segundos, pero se me hicieron eternos.

Entonces sucedió.

Algo chocó contra mí por detrás y me tiró al barro

205

de la cuneta, de cabeza. Vi estallidos de luz que no estaban ahí. La tierra me golpeó el estómago, y se me cortó la respiración.

(En este punto, me viene a la cabeza un recuerdo fantasma: un momento fantasma, un tembloroso recuerdo en el lago de la memoria. Sé lo que habría sentido si los carroñeros me hubieran arrancado el corazón. Lo que habría sentido si los pájaros del hambre, todo boca, hubieran desgarrado mi pecho y me hubieran arrancado el corazón, latiendo todavía, y lo hubieran devorado para comerse lo que había dentro de él. Sé lo que habría sentido, como si de verdad formara parte de mi vida, de mi muerte. Y el recuerdo se corta, y se rasga, limpiamente, y…)

Una voz dijo:

—¡Idiota! No te muevas. No se te ocurra moverte.

—Era la voz de Lettie Hempstock, y no podría haberme movido aunque quisiera.

Estaba encima de mí, y pesaba más que yo, y me apretaba contra el suelo, boca abajo, contra la hierba y la tierra húmeda, y no veía nada.

No obstante, podía sentirlos.

Podía sentir como chocaban contra ella. Lettie me aplastaba, haciendo de escudo entre el mundo y yo.

Oí a Lettie gemir de dolor.

Sentí como se agitaba y se retorcía.

Había feos gritos de triunfo y de hambre, y oí mi propia voz gimoteando y sollozando desesperadamente…

Una voz dijo:

—Esto es intolerable.

Era una voz conocida, pero no terminaba de reconocerla, ni moverme para ver quién hablaba.

Lettie estaba encima de mí, temblando todavía,

pero, cuando la voz comenzó a hablar, dejó de moverse. La voz continuó:

—¿Con qué derecho le hacéis daño a mi niña?

Un silencio. Luego:

—*Estaba entre nosotros y nuestra legítima presa.*

—Sois carroñeras. Coméis vísceras, basura, inmundicia. Sois limpiadoras. ¿Creéis que podéis hacer daño a mi familia?

Ya sabía a quién pertenecía esa voz. Sonaba como la de la abuela de Lettie, la anciana señora Hempstock. Sonaba igual, de eso estaba seguro, pero era algo insólito. Si la anciana señora Hempstock hubiera sido una emperatriz, habría hablado así, pues su voz era más impostada y más musical que la de la anciana que yo conocía.

Algo húmedo y cálido empapaba mi espalda.

—*No... No, señora.*

Aquella fue la primera vez que pude percibir el miedo y la duda en la voz de uno de los pájaros del hambre.

—Hay pactos, y leyes, y tratados, y los habéis violado todos.

Se hizo un silencio, un silencio más significativo que todas las palabras. No tenían nada que decir.

Sentí que hacían rodar el cuerpo de Lettie para liberarme, y al levantar la vista vi el sensato rostro de Ginnie Hempstock. Estaba sentada en la cuneta, y enterré la cara en su pecho. Me cogió con un brazo y con el otro cogió a su hija Lettie.

Desde las sombras, uno de los pájaros del hambre tomó la palabra y, hablando con una voz que no era en realidad una voz, dijo:

—*Lamentamos tu pérdida.*

—¿Que lo lamentáis? —dijo, escupiendo las palabras.

207

Ginnie Hempstock mecía su cuerpo, arrullándonos a mí y a su hija. Me rodeaba con sus brazos. Alcé la vista y volví a mirar a la persona que había hablado, con la vista empañada por las lágrimas.

Me quedé mirándola fijamente.

Era la anciana señora Hempstock, supongo. Pero no lo era. Era la abuela de Lettie del mismo modo que...

Quiero decir...

Brillaba con un resplandor de plata. Seguía teniendo el cabello largo y blanco, pero ahora se la veía erguida y alta como una adolescente. Mis ojos se habían acostumbrado demasiado a la oscuridad, y no podía mirarla a la cara para ver si me resultaba familiar: brillaba demasiado. Como un fogonazo de magnesio. Brillaba como el cielo cuando hay fuegos artificiales.

208

La miré mientras pude soportarlo, y luego volví la cabeza, cerrando los ojos con fuerza, incapaz de ver otra cosa que una pulsátil imagen residual.

La voz que se parecía a la de la señora Hempstock dijo:

—¿Debería confinaros en el corazón de una estrella oscura, para que sufráis vuestro dolor en un lugar donde cada instante dura mil años? ¿Debería invocar los pactos de la Creación, y hacer que seáis eliminados de la lista de cosas creadas, de modo que nunca hayan existido los pájaros del hambre, y cualquier cosa que desee pasar de un mundo a otro pueda hacerlo impunemente?

Esperé a oír la respuesta, pero no oí nada. Solo un quejido, un lamento de dolor o de frustración.

—He terminado con vosotros. Me ocuparé de vuestro destino a mi manera y cuando yo así lo decida. Ahora debo ocuparme de los niños.

—*Sí, señora.*

—*Gracias, señora.*

—No tan rápido. Nadie va a ir a ninguna parte hasta que volváis a dejarlo todo como estaba. En el cielo falta Boötes. También falta un roble, y un zorro. Devolvedlos a su sitio, exactamente igual que estaban. —Y entonces, la argentina voz de emperatriz añadió, con otra voz que era inequívocamente la de la anciana señora Hempstock—: Alimañas.

Alguien estaba tarareando una melodía. Era yo, pero me di cuenta de ello como si estuviera muy lejos, y en ese mismo momento recordé qué canción era: *Niños y niñas, venid a jugar.*

… la luna brilla como si fuera de día.
Dejad vuestra cena, dejad vuestra carne,
y reuníos con vuestros compañeros de juego en la calle.
Venid contentos y felices.
Venid con ilusión o no vengáis…

Me abracé a Ginnie Hempstock. Olía a granja y a cocina, a animales y a comida. Olía a realidad, y esa realidad era exactamente lo que necesitaba en ese momento.

Alargué una mano, queriendo tocar el hombro de Lettie. No se movió ni reaccionó.

Ginnie comenzó a hablar, pero al principio no estaba seguro de si hablaba en voz alta, con Lettie o conmigo.

—Han sobrepasado los límites —dijo—. Podrían haberte atacado, hijo, y no hubiera significado nada. Podrían haber destruido este mundo sin que pasara nada; al fin y al cabo no es más que un mundo, y los mundos son como granos de arena en el desierto. Pero

Lettie es una Hempstock. Ella está fuera de su alcance, mi pequeña. Y la han atacado.

Miré a Lettie. Tenía la cabeza inclinada, y no podía verle la cara. Tenía los ojos cerrados.

—¿Se va a poner bien? —pregunté.

Ginnie no respondió, se limitó a abrazarnos a los dos contra su pecho, y continuó meciéndonos y arrullándonos.

La granja y el terreno de alrededor ya no resplandecían. Ya no sentía que alguien me observaba entre las sombras.

—No te preocupes —dijo una anciana voz, que de nuevo me resultó familiar—. Estáis a salvo. Completamente a salvo. Se han ido.

—Volverán —dije—. Quieren arrancarme el corazón.

—No volverán a este mundo, ni por todo el té de China —dijo la anciana señora Hempstock—. Aunque no sabrían qué hacer con el té, ni con China, son simples carroñeros.

¿Por qué me la había imaginado vestida de plata? Llevaba una bata llena de remiendos encima de lo que debía de ser un camisón, pero no como los de ahora, sino como los que se llevaban hace varios siglos.

La anciana puso la mano sobre la pálida frente de su nieta, la levantó y luego la soltó.

La madre de Lettie meneó la cabeza.

—Se acabó —dijo.

Entonces lo comprendí, y me sentí como un idiota por no haberlo comprendido antes. La niña que estaba a mi lado, en el regazo de su madre, había dado su vida por la mía.

—Venían a por mí, no a por ella —dije.

—No había ninguna razón para que se os llevaran a ninguno de los dos —dijo la anciana.

Entonces me sentí culpable, tan culpable como no me había sentido nunca.

—Deberíamos llevarla al hospital —dije, lleno de esperanza—. Podemos llamar a un médico. Quizá pueda hacer algo para que se ponga bien.

Ginnie meneó la cabeza.

—¿Está muerta? —pregunté.

—¿Muerta? —repitió la anciana. Parecía ofendida—. ¡Y un cuerno! —dijo, pronunciando sonoramente cada sílaba, como si fuera el único modo de hacerme entender la seriedad de sus palabras—. Como si una Hempstock fuera capaz de algo tan… vulgar…

—Está herida —dijo Ginnie Hempstock—. Tan herida como pueda estar alguien como ella. Está tan cerca de la muerte que no se salvará si no hacemos algo al respecto, y rápido. —Un último abrazo, y después—. Venga, arriba.

Yo me aparté de su regazo con reticencia, y me puse de pie.

Ginnie Hempstock se levantó con el cuerpo inerte de su hija en los brazos. Lettie se bamboleó como una muñeca de trapo cuando su madre se puso de pie, y yo me quedé mirándola, terriblemente impresionado.

—Ha sido culpa mía —dije—. Lo siento. Lo siento muchísimo.

La anciana señora Hempstock dijo:

—Tu intención era buena.

Pero Ginnie no dijo absolutamente nada. Echó a andar por la carretera en dirección a la granja, y dio la vuelta por detrás del establo. Pensé que Lettie era demasiado grande para que la llevaran en brazos, pero Ginnie la llevaba como si no pesara más que un gatito, con la cabeza y la parte superior de su cuerpo apoyados en el hombro de Ginnie, como si fuera un bebé al que llevaran a la cama. Avanzó con ella por el sendero, y a lo largo del seto, dirigiéndose hacia la parte de atrás, al estanque.

Allí no soplaba la brisa, y la noche estaba en perfecta calma; tan solo la luna iluminaba nuestro camino; el estanque, cuando llegamos allí, no era más que un estanque. No estaba iluminado con la luz dorada. No había ninguna mágica luna llena. Era negro y monótono, con la luna, la auténtica luna, en cuarto creciente, reflejada en él.

Me detuve al llegar a la orilla del estanque, y la anciana señora Hempstock se detuvo a mi lado.

Pero Ginnie continuó avanzando.

Entró en el estanque con paso inseguro hasta que el agua le llegó a la altura del muslo, y el abrigo y la falda flotaron mientras continuaba avanzando, rompiendo el reflejo de la luna en diminutas lunas que se desperdigaban a su alrededor.

Al llegar al centro del estanque, con la negra agua por encima de sus caderas, se detuvo. Deslizó sus hábiles manos bajo la cabeza y las rodillas de Lettie y, a continuación, muy despacio, dejó el cuerpo de Lettie sobre el agua.

La niña flotaba en la superficie del estanque.

Ginnie retrocedió un paso, luego otro, sin apartar la vista de su hija en ningún momento.

Oí un ruido, como si un fuerte viento viniera hacia nosotros.

El cuerpo de Lettie tembló.

No había brisa, pero se veían cabrillas en la superficie del estanque. Vi olas, muy leves al principio, seguidas de olas más grandes que rompían contra el borde. Una ola rompió cerca de donde yo estaba, salpicando mi ropa y mi cara. Saboreé el agua en mis labios, y era agua salada.

—Lo siento, Lettie —murmuré.

Debería ver el otro lado del estanque. Lo veía pocos segundos antes. Pero las olas lo habían hecho desaparecer, y ya no podía ver nada más allá del cuerpo de Lettie, tan solo la inmensidad del solitario océano y la oscuridad.

Las olas eran cada vez más grandes. El agua se iluminó a la luz de la luna, como se había iluminado cuando estaba en el cubo, con un pálido resplandor azul. La silueta que veía flotando en la superficie del estanque era el cuerpo de la niña que me había salvado la vida.

Unos dedos huesudos se posaron sobre mi espalda.

—¿Por qué te disculpas, niño? ¿Por haberla matado?

Asentí con la cabeza, pues no me sentía capaz de hablar.

—No está muerta. Tú no la has matado, ni tampoco los pájaros del hambre, aunque se emplearon a fondo para llegar a ti a través de ella. Ha sido entregada al océano. Un día, cuando llegue el momento, el océano nos la devolverá.

Pensé en cadáveres y esqueletos con perlas en lugar de ojos. Pensé en sirenas con colas que se agitaban cuando se movían, como se habían agitado las colas de mis peces justo antes de que mi pez dejara de moverse para quedar flotando boca arriba, como Lettie, en la superficie del agua.

—¿Será igual que ahora? —pregunté.

La anciana se echó a reír, como si acabara de contarle el chiste más gracioso del universo.

213

—Nada es nunca igual —dijo—. Así haya transcurrido un segundo o cien años. Todo está en continuo movimiento. Y la gente cambia igual que cambian los océanos.

Ginnie salió del agua, y se quedó a mi lado en la orilla, con la cabeza inclinada. Se oyó una especie de trueno a lo lejos, que se fue haciendo cada vez más fuerte: algo venía hacia nosotros, desde el otro lado del océano. Venía desde muy lejos, kilómetros, cientos y cientos de kilómetros más lejos: una delgada línea blanca apareció sobre el luminoso azul del agua, y la línea crecía a medida que se acercaba.

Llegó la gran ola, y todo retumbó, y alcé la vista al ver que se nos venía encima: era más alta que un árbol, más alta que una casa, más alta de lo que la mente y los ojos podrían abarcar, mucho más de lo que el corazón podría aguantar.

Siguió creciendo hasta alcanzar el cuerpo de Lettie, entonces la gigantesca ola rompió por fin. Esperaba que nos empapara o, peor aún, que fuéramos engullidos por las furiosas aguas del océano, y alcé el brazo para taparme la cara.

No hubo salpicaduras, ni estallido ensordecedor, y cuando bajé el brazo no vi nada más que las quietas aguas del estanque, y en su superficie no había nada más que unos cuantos nenúfares y el incompleto reflejo de la luna.

La anciana señora Hempstock había desaparecido también. Creía que estaba en la orilla, a mi lado, pero allí solo estaba Ginnie, contemplando en silencio el negro espejo del estanque.

—Bien —dijo—. Voy a llevarte de vuelta a casa.

Quince

Había un Land Rover aparcado detrás del establo. Las puertas estaban abiertas y la llave estaba en el contacto. Me senté en el asiento del pasajero, que estaba cubierto con papel de periódico, y observé a Ginnie Hempstock mientras hacía girar la llave. El motor hizo unos ruidos antes de arrancar.

No imaginaba que ninguna de las Hempstock supiera conducir.

—No sabía que tenían coche —le dije.

—Son muchas las cosas que no sabes —dijo la señora Hempstock en tono cortante. Luego me miró con simpatía y añadió—: No puedes saberlo todo.

Sacó el Land Rover marcha atrás y luego adelante saltando por encima de las piedras, los surcos y los charcos que había en la parte de atrás de la granja.

Había algo que no se me iba de la mente.

—La anciana señora Hempstock dice que Lettie no está realmente muerta —dije—. Pero lo parecía. Yo creo que está muerta de verdad. Creo que no es cierto que no esté muerta.

Me pareció que Ginnie iba a decir algo sobre la naturaleza de la verdad, pero se limitó a decir:

—Lettie está herida, gravemente herida. El océano

se la ha llevado. Sinceramente, no sé si alguna vez nos la devolverá. Pero la esperanza es lo último que se pierde, ¿no?

—Sí —apreté los puños, y confié con todas mis fuerzas.

Avanzamos a trompicones por la carretera a veinticinco kilómetros por hora.

—¿Era... es de verdad tu hija?

No sé por qué le pregunté eso, y sigo sin saberlo. Quizá solo quería saber algo más de la niña que me había salvado la vida, que me había rescatado más de una vez. En realidad no sabía nada de ella.

—Más o menos —dijo Ginnie—. Los varones Hempstock, mis hermanos, salieron al mundo, y tuvieron hijos que, a su vez, tuvieron hijos también. Hay mujeres Hempstock ahí afuera, en tu mundo, y estoy segura de que todas ellas son un milagro, cada una a su manera. Pero solo Lettie, la abuela y yo somos Hempstock puras.

—¿No tenía padre? —pregunté.

—No.

—¿Tú tuviste padre?

—Haces muchas preguntas, ¿no? No, cariño. Nunca nos han gustado esa clase de cosas. Solo se necesita un hombre si quieres criar más hombres.

—No tienes que llevarme a casa —le dije—. Podría quedarme contigo. Podría quedarme a esperar hasta que el océano te devuelva a Lettie. Podría trabajar en tu granja, cargar lo que haga falta; incluso podría aprender a manejar un tractor.

—No —replicó con dulzura—. Tú tienes que seguir con tu vida. La vida que Lettie te regaló. Tienes que crecer y hacer lo posible por hacerte merecedor de ese regalo.

Una punzada de resentimiento. Bastante duro era ya estar vivo, tratar de sobrevivir en este mundo y encontrar tu lugar en él, hacer las cosas que tienes que hacer para salir adelante, sin tener que preguntarte a cada momento si lo que acabas de hacer, sea lo que sea, es digno de alguien que ha... si no muerto, al menos, entregado su vida. No era justo.

—La vida no es justa —dijo Ginnie, como si yo hubiera hablado en voz alta.

Giró para subir por el camino de entrada a mi casa, y detuvo el coche frente a la puerta principal. Nos bajamos del coche.

—Será mejor facilitarte el regreso a casa —dijo.

La señora Hempstock tocó el timbre, aunque nunca cerrábamos la puerta con llave, y se limpió a conciencia las botas en el felpudo hasta que mi madre abrió. Se había vestido ya para irse a la cama, y llevaba una bata de guata rosa.

217

—Aquí lo tiene —dijo Ginnie—. Sano y salvo, el soldado vuelve del frente. Se lo ha pasado de maravilla en la fiesta de despedida de Lettie, pero ha llegado el momento de que este hombrecito se vaya a descansar.

Mi madre parecía bloqueada —un poco confundida—, pero enseguida la confusión desapareció y en su lugar apareció una sonrisa, como si el mundo acabara de reconfigurarse para adoptar una forma comprensible.

—Oh, no tenía por qué molestarse en traerlo —dijo mi madre—. Podríamos haber pasado nosotros a recogerlo. —Luego, bajó la vista para mirarme—. ¿Qué se dice, cielo?

Yo respondí de forma automática:

—Muchas-gracias-por-todo.

—Muy bien, cielo. —Y a continuación, dirigiéndose a Ginnie—: ¿Lettie se va de viaje?

—A Australia —respondió Ginnie—. A pasar una temporada con su padre. Vamos a echar de menos a este bribonzuelo, pero, en fin, les avisaremos cuando regrese Lettie. Entonces podrá venir a jugar con ella otra vez.

Yo empezaba a estar muy cansado. La fiesta había sido muy divertida, aunque casi no me acordaba de nada. Y sin embargo, sabía que ya no volvería a la granja Hempstock. No a menos que Lettie regresara.

Australia estaba muy, muy lejos. Me pregunté cuánto tiempo se quedaría en Australia con su padre. Varios años, imaginé. Australia estaba al otro lado del mundo, al otro lado del océano...

Una pequeña parte de mi cerebro recordaba otra serie de acontecimientos, pero el recuerdo se borró enseguida, como si acabara de despertar de un sueño reparador, echara un vistazo a mi alrededor y volviera a taparme con las sábanas para seguir soñando.

La señora Hempstock se subió a su viejo Land Rover, tan lleno de salpicaduras de barro (pude verlo ahora a la luz del farol de la puerta) que apenas se veía la pintura original, y salió marcha atrás para regresar a la carretera.

A mi madre no parecía molestarle que volviera a casa de esa guisa y casi a las once de la noche.

—Tengo una mala noticia, cariño.

—¿Qué ha pasado?

—Ursula ha tenido que marcharse. Un asunto familiar, un asunto familiar urgente. Ya se ha marchado. Sé que los dos le habíais cogido mucho cariño.

Sabía que a mí no me gustaba, pero no dije nada. No había nadie durmiendo en mi antigua habitación. Mi madre me preguntó si me gustaría volver allí temporalmente. Respondí que no, aunque no sabía por qué. No era capaz de recordar por qué le tenía tanta manía a Ursula Monkton —de hecho, me sentí un poco culpable por tenerle esa manía tan irracional y espantosa— pero no quería volver a esa habitación, pese al lavabo amarillo hecho a mi medida, y seguí compartiendo cuarto con mi hermana durante cinco años, hasta que nos mudamos (los niños de mala gana, los adultos creo que más bien aliviados por dejar atrás sus problemas financieros).

Derribaron la casa después de que nos mudáramos. No quise ir a verla cuando estuvo completamente vacía, y me negué a presenciar la demolición. Buena parte de mi vida estaba ligada a esos ladrillos y baldosas, al desagüe del canalón y a sus muros.

Años más tarde, mi hermana, que ya es una mujer hecha y derecha, me confesó que sospechaba que nuestra madre había despedido a Ursula Monkton (a quien ella recordaba con mucho cariño como la única mujer agradable de una larga serie de niñeras gruñonas) porque nuestro padre tenía un lío con ella. «Puede que tengas razón», le dije. Por aquel entonces mis padres aún vivían, y podría habérselo preguntado, pero no lo hice.

Mi padre no sacó a relucir los acontecimientos de aquella noche, ni entonces ni después.

Terminé haciendo las paces con mi padre cuando cumplí los veinte años. Teníamos muy pocas cosas en común cuando yo era niño, y estoy seguro de que fui una decepción para él. Él no quería un hijo que se pasaba la vida enfrascado en la lectura, completamente ausente. Quería un niño que hiciera lo que él había hecho: nadar, boxear, jugar al rugbi y conducir a toda velocidad sin pensar en nada más que en disfrutar; pero no fue esa la clase de niño que se encontró.

Nunca volví a recorrer aquella carretera hasta el final. Ni volví a pensar en el Mini blanco. Cuando me acordaba del minero, era por los dos ópalos en bruto que había sobre la repisa de la chimenea, y lo recordaba siempre con sus vaqueros y sus camisas de cuadros. Su cara y sus brazos estaban morenos, no tenían ese color rojo cereza típico del envenenamiento por monóxido de carbono, y no llevaba pajarita.

Monster, el gato de color jengibre que nos había regalado el minero, se escapó para ser alimentado por otras familias, y aunque lo veíamos de vez en cuando, merodeando por las cunetas y los árboles del final de la carretera, nunca venía cuando le llamábamos. Y creo que para mí fue un alivio. Nunca había sido nuestro gato. Lo sabíamos, y él también.

Un relato solo importa, sospecho, en la medida en que los sucesos que narra cambian a sus protagonistas. Pero yo tenía siete años cuando sucedieron estas cosas, y cuando todo terminó seguía siendo exactamente el mismo que al principio, ¿no? Y todos los demás también. Seguramente tampoco habían cambiado. La gente no cambia.

Sin embargo, hubo cosas que sí cambiaron.

Un mes después de los acontecimientos que he relatado, y cinco años antes de que el destartalado mundo en el que yo había crecido fuera derribado y reemplazado por primorosas casitas clónicas habitadas por gente joven y elegante que trabajaba en la ciudad pero vivía en mi pueblo, que hacían dinero trasladando el dinero de un sitio a otro pero que no construían, ni cultivaban, ni tejían ni criaban ganado, y nueve años antes de que besara a la sonriente Callie Anders…

Volví a casa del colegio. Era el mes de mayo, o quizá principios de junio. Ella esperaba junto a la puerta de atrás, como si supiera exactamente dónde estaba y a quién buscaba: una joven gata negra, un poco más grande que un cachorrito ahora, con una mancha blanca sobre una oreja y los ojos de un intenso e insólito azul verdoso.

Entró conmigo en la casa.

Abrí una de las latas de comida para gatos que no habíamos llegado a abrir, y le llené el polvoriento cuenco que solíamos usar para dar de comer a *Monster*.

Mis padres, que nunca habían reparado en la desaparición de *Monster*, también tardaron en percatarse de la presencia de la nueva gata y, para cuando mi padre hizo el primer comentario, llevaba varias semanas viviendo con nosotros. Exploraba el jardín hasta que yo regresaba del colegio, y luego me hacía compañía mientras leía o jugaba. Por las noches, se metía debajo de la cama hasta que apagábamos las luces, y entonces se echaba en mi almohada, y me acariciaba el pelo, y ronroneaba muy bajito para no molestar a mi hermana.

Me quedaba dormido con la cara pegada a su pelo, mientras la gata me acunaba con su ronroneo, que hacía vibrar suavemente su cuerpo contra mi mejilla.

Tenía unos ojos verdaderamente insólitos. Me recordaban el mar, así que la llamé *Océano*, aunque no hubiera sabido explicar por qué.

221

Epílogo

Sentado en el desvencijado banco frente al estanque de los patos, en la parte de atrás de la casa de ladrillo rojo, me acordé de mi gatita.

Solo recordaba que *Océano* se había convertido en una gata adulta, y que la había adorado durante años. Me pregunté qué le habría sucedido, y entonces pensé: «No importa que ya no recuerde los detalles: lo que le sucedió fue que se murió. La muerte es algo que nos sucede a todos».

Una puerta se abrió, y oí ruido de pisadas en el sendero. Al cabo de unos segundos, apareció la anciana y se sentó a mi lado.

—Te he traído una taza de té —dijo—. Y un sándwich de tomate y queso. Llevas aquí mucho rato. Pensé que igual te habías caído dentro.

—Pues más o menos —le dije—. Gracias.

Había caído la tarde, sin que yo me diera cuenta, mientras estaba ahí sentado.

Me bebí el té a sorbitos y miré a la mujer, pero esta vez con más atención.

—Usted no es la madre de Lettie. Usted es su abuela, ¿verdad? Es usted la anciana señora Hempstock.

—Cierto —dijo, imperturbable, la anciana—. Cómete el sándwich.

Le di un bocado al sándwich. Estaba bueno, muy bueno. Pan recién horneado, queso sabroso y fuerte, y tomates de los que saben a algo.

Estaba lleno de recuerdos y quería saber lo que significaban, quería entender.

—¿Es verdad? —pregunté, y me sentí estúpido.

De todas las preguntas que podía haberle hecho, y le hice precisamente esa.

La anciana señora Hempstock se encogió de hombros.

—¿Lo que has recordado? Probablemente. Más o menos. Cada cual recuerda las cosas de una manera; nunca encontrarás a dos personas que recuerden exactamente lo mismo, fueran testigos de ello o no. Dos personas pueden estar muy cerca la una de la otra, y sin embargo tener percepciones muy distintas sobre determinado asunto.

Había otra pregunta que necesitaba una respuesta.

—¿Por qué he venido aquí?

Me miró como si fuera una pregunta capciosa.

—Por el funeral —dijo—. Querías apartarte de todo el mundo y estar solo un rato. Así que primero te dirigiste hacia la casa donde viviste de niño y, al no encontrar allí lo que echabas de menos, cogiste la carretera y llegaste hasta aquí, como haces siempre.

—¿Como hago siempre?

Bebí un poco más de té. Todavía estaba caliente, y estaba muy cargado y azucarado: lo que se suele llamar un té de albañil. «Cuando metes la cuchara se sostiene de pie», decía mi padre cuando explicaba cómo le gustaba a él.

—Como haces siempre —repitió.

—No —le dije—. Se equivoca. Quiero decir que no he estado aquí desde que Lettie se fue a Australia. Desde su fiesta de despedida, fiesta que nunca se celebró. Ya sabe lo que quiero decir.

—Vienes de vez en cuando —dijo—. Recuerdo que viniste cuando tenías veinticuatro años. Tenías dos niños pequeños, y estabas muy asustado. Viniste antes de irte a vivir lejos de aquí: tenías, ¿cuántos?, ¿treinta y tantos? Te serví una buena comida en la cocina, y me hablaste de tus sueños y de las piezas en las que estabas trabajando.

—No me acuerdo.

Se apartó el cabello de los ojos.

—Es más fácil así.

Di un sorbo al té y me terminé el sándwich. La taza era blanca, y el plato también. La infinita tarde de verano estaba llegando a su fin.

Volví a preguntar.

—¿Por qué he venido hasta aquí?

—Lettie quería que lo hicieras —dijo alguien.

La persona que había dicho aquello paseaba alrededor del estanque: una mujer con un abrigo marrón y unas grandes botas de goma. La miré, confundido. Parecía más joven que yo. La recordaba más grande, como a una adulta, pero en ese momento me percaté de que no debía de haber cumplido los cuarenta. La recordaba más corpulenta, pero lo que tenía era mucho pecho, y era atractiva, con el atractivo de una mujer de campo. Seguía siendo Ginnie Hempstock, la madre de Lettie, y no había cambiado nada; de eso estaba seguro: seguía aparentando cuarenta y tantos años, como cuando la conocí.

Se sentó en el banco, al otro lado de mí, de modo que en ese momento estaba flanqueado por dos Hempstocks.

—Creo que Lettie solo quiere saber si mereció la pena.

—¿Si mereció la pena?

—Tú —dijo la anciana, en tono cortante.

—Lettie hizo algo muy grande por ti —dijo Ginnie—. Creo que más que nada quiere saber qué pasó después, y si ha merecido la pena todo lo que hizo.

—Ella… se sacrificó por mí.

—En cierto modo, cariño —dijo Ginnie—. Los pájaros de hambre te arrancaron el corazón. Gritabas desconsoladamente mientras morías. No pudo soportarlo. Tenía que hacer algo.

Intenté recordar aquello.

—No es así como yo lo recuerdo —dije.

Entonces pensé en mi corazón; me pregunté si seguiría estando allí aquel frío fragmento de puerta, y si, de seguir allí, era un regalo o una maldición.

La anciana resopló.

—¿No te acabo de decir que nunca encontrarás a dos personas que recuerden lo mismo?

—¿Puedo hablar con ella? ¿Con Lettie?

—Está dormida —dijo la madre de Lettie—. Se está recuperando. Todavía no puede hablar.

—No hasta que regrese de donde está —dijo la abuela de Lettie, haciendo un gesto, pero no habría sabido decir si señalaba el estanque o el cielo.

—¿Y eso cuándo será?

—Cuando esté recuperada y lista para volver —dijo la anciana, mientras su hija añadía:

—Pronto.

226

—Bueno. Si me ha traído hasta aquí para verme, dejaré que me vea.

Y nada más decirlo, supe que ya me había visto. ¿Cuánto tiempo estuve sentado en el banco, contemplando el estanque? Mientras yo la recordaba, ella me había estado examinando.

—Oh, ya me ha visto, ¿verdad?

—Sí, cielo.

—¿Y he aprobado?

El rostro de la anciana que tenía a mi derecha resultaba indescifrable a la escasa luz del atardecer. La mujer sentada a mi izquierda dijo:

—No se puede aprobar o suspender en el hecho de ser persona.

Dejé el plato vacío en el suelo.

—Creo que estás mejor que la última vez que te vimos —dijo Ginnie Hempstock—. Para empezar, te está creciendo un corazón nuevo.

En mi recuerdo, aquella mujer era una montaña, y yo había llorado y temblado acurrucado en su pecho. Ahora era más pequeña que yo, y no podía imaginármela consolándome, no de ese modo.

Había luna llena sobre el estanque. No recordaba ni por asomo en qué fase estaba la luna la última vez que la miré. De hecho, ni siquiera recordaba cuándo me había parado a mirar la luna por última vez.

—¿Y qué va a pasar ahora?

—Lo mismo que pasa siempre que vienes por aquí —dijo la anciana—. Volverás a casa.

—Ya no sé dónde está mi casa —les dije.

—Siempre dices lo mismo —dijo Ginnie.

En mi recuerdo, Lettie seguía sacándome una cabeza. Después de todo, tenía once años. Me pregunté qué vería —a quién vería— si la tuviera delante.

En el estanque también había una luna llena, y me puse a pensar, sin darme cuenta, en los santos locos de la historia antigua, los que iban a pescar la luna en un lago, con redes, convencidos de que el reflejo en el agua era más fácil de atrapar que el globo suspendido en el cielo.

Y, naturalmente, es más fácil.

Me levanté y me acerqué a la orilla del lago.

—Lettie —dije, en voz alta, intentando ignorar a las dos mujeres que tenía detrás—, gracias por salvarme la vida.

—No debería haberte llevado con ella la primera vez, cuando fue a buscar el principio de todo —resopló la anciana señora Hempstock—. Hubiera sido mejor que lo arreglara ella sola sin nada que pudiera distraerla. No necesitaba que tú fueras a hacerle compañía, fue una estupidez. En fin, le servirá de lección para la próxima vez.

Me volví y miré a la anciana señora Hempstock.

—¿De verdad recuerda el momento en que se hizo la luna?

—Recuerdo muchas cosas —respondió.

—¿Volveré por aquí?

—No te hace falta saberlo —dijo la anciana.

—Ahora será mejor que te marches —dijo Ginnie Hempstock con dulzura—. Hay gente preguntándose dónde andarás.

Y al oír eso, recordé, con embarazoso horror, que mi hermana, su marido, sus hijos y todos los bienintencionados y dolientes visitantes estarían preguntándose qué demonios había sido de mí. Sin embargo, en un día como aquel les resultaría más fácil disculparme por estar un poco ausente.

Había sido un día largo y duro. Me alegraba de que se estuviera acabando ya.

—Espero no haber sido una molestia —les dije.

—No, cielo —dijo la anciana—. No ha sido ninguna molestia.

Oí el maullido de un gato. Un instante después, salió tranquilamente de entre las sombras hacia una zona iluminada por la brillante luz de la luna. Se acercó a mí con confianza, y frotó su cabeza contra mi zapato.

Me agaché y le rasqué la coronilla, y le acaricié el lomo. Era una gata muy bonita, negra, o eso me pareció, pues la luz de la luna había engullido los colores. Tenía una mancha blanca sobre una de las orejas.

—Yo tenía una gata como esta —dije—. La llamé *Océano.* Era preciosa. La verdad es que no recuerdo lo que fue de ella.

—Nos la devolviste —dijo Ginnie Hempstock.

Me tocó el hombro con la mano y lo apretó sutilmente; me acarició la mejilla con las yemas de los dedos, como si fuera un niño pequeño, o su amante, y luego se alejó y desapareció en la noche.

Recogí el plato y la taza, y la anciana señora Hempstock me acompañó hasta la casa por el sendero.

—La luna brilla como si fuera de día —dije—. Como en la canción.

—Es agradable tener una luna llena —dijo.

—Es curioso —dije—. Por un momento, he llegado a pensar que erais dos. ¿No es extraño?

—Aquí no hay nadie más que yo —dijo la anciana—. Nunca ha habido nadie más que yo.

—Lo sé —repliqué—. Solo usted.

Iba a llevar el plato y la taza a la cocina para dejar-

229

los en el fregadero, pero ella me detuvo al llegar a la puerta.

—Deberías volver con tu familia —dijo—. O acabarán organizando una batida.

—Podrán perdonarme —dije.

O eso esperaba. Mi hermana estaría preocupada, y habría gente a la que apenas conozco decepcionada por no haber podido decirme lo mucho, muchísimo que sentían mi pérdida—. Ha sido usted muy amable permitiendo que me sentara aquí a pensar. Junto al estanque. Se lo agradezco mucho.

—Bobadas —dijo—. No hay nada que agradecer.

—La próxima vez que Lettie escriba desde Australia —le dije—, dele recuerdos de mi parte, por favor.

—Así lo haré —dijo—. Se alegrará de saber que te acuerdas de ella.

Me subí al coche y puse en marcha el motor. La anciana se quedó en la puerta, observándome con cortesía, hasta que maniobré y enfilé hacia la carretera.

Miré la casa reflejada en el espejo retrovisor, y un efecto óptico hizo que pareciera que había dos lunas en el cielo, como un par de ojos que me observaban desde arriba: una era una luna perfectamente llena y redonda; la otra, al otro lado del cielo, era una media luna.

Me picó la curiosidad y me di la vuelta para mirar hacia atrás: sobre la casa no había más que una única media luna, serena, pálida y perfecta.

Me pregunté qué habría producido el efecto óptico de las dos lunas, pero fue solo un momento; enseguida lo descarté. Puede que fuera una imagen residual, decidí, o un fantasma: algo que se había colado en mis pensamientos por un instante, con tal fuerza que había llegado a creer que era real, pero ahora había desaparecido, y se había perdido en el pasado como un recuerdo olvidado, o una sombra en el anochecer.

Agradecimientos

Este libro es el libro que acabas de leer. Ha terminado. Ahora estamos en los agradecimientos. Esto no forma parte del libro, en realidad. No hace falta que lo leas. La mayor parte no son más que nombres.

Hay mucha gente a la que debería darle las gracias, los que han estado a mi lado cuando me han hecho falta, los que me han traído té, los que escribieron los libros que me han ayudado a crecer. Nombrarlos uno por uno es una tontería, pero allá vamos…

Cuando terminé este libro, se lo envié a muchos amigos para que lo leyeran, y lo leyeron con atención y me dijeron qué cosas funcionaban bien y cuáles había que trabajar un poco más. Les estoy muy agradecido a todos, pero quisiera darles las gracias en especial a Maria Dahvana Headley, Olga Nunes, Alina Simone (la reina de los títulos), Gary K. Wolfe, Kat Howard, Kelly McCullough, Eric Sussman, Hayley Campbell, Valya Dudycz Lupescu, Melissa Marr, Elyse Marshall, Anthony Martignetti, Peter Straub, Kar Dennings, Gene Wolfe, Gwenda Bond, Anne Bobby, Lee *Budgie* Barnett, Morris Shamah, Farah Mendelsohn, Henry Selick, Clare Coney, Grace Monk y Cornelia Funke.

Esta novela comenzó, aunque en aquel momento no sabía que iba a ser una novela, cuando Jonathan Strathan me pidió que le escribiera un relato corto. Empecé a contar la historia del minero de ópalo y de la familia Hempstock (que llevan viviendo en mi granja imaginaria mucho tiempo), y Jonathan me perdonó y fue muy amable cuando finalmente tuve que admitir, ante él y ante mí mismo, que esto no era un relato corto, y dejé que se convirtiera en una novela.

La familia de la que hablo en este libro no es mi familia, que han tenido la generosidad de dejar que me sumerja en el paisaje de mi infancia y me han visto transformarlo con toda la libertad del mundo para darle una nueva forma y crear los escenarios de esta historia. Les estoy muy agradecido a todos ellos, especialmente a mi hermana pequeña, Lizzy, que me animó mucho y me envió un montón de fotos que me han ayudado a rescatar algunos recuerdos largamente olvidados. (Ojalá me hubiera acordado antes del viejo invernadero para incluirlo en el libro.)

En Sarasota, Florida, Stephen King me recordó lo maravilloso que es sentarse a escribir todos los días. Las palabras nos salvan la vida, a veces.

Tori me proporcionó un lugar seguro donde escribir, y no sé cómo expresar cuánto se lo agradezco.

Art Spiegelman tuvo la amabilidad de darme permiso para utilizar un extracto de su conversación con Maurice Sendak en *The New Yorker* para la cita con la que comienza este libro.

Cuando comencé el segundo borrador, mientras iba mecanografiando el primer borrador escrito a mano, le leí lo que iba escribiendo cada día a mi mujer, Amanda, en la cama, y he aprendido más sobre lo que escribía leyéndoselo en alto a ella de lo que he aprendido sobre cualquier otra cosa que haya escrito. Ella fue la primera lectora de este libro, y su desconcierto y frustración ocasionales, sus preguntas y su gozo me sirvieron de guía en las versiones posteriores. Escribí este libro para Amanda, en un momento en el que estaba muy lejos de mí y la echaba mucho de menos. Mi vida sería mucho más aburrida y más gris sin ella.

Mis hijas, Holly y Maddy, y mi hijo, Michael, han sido mis mejores y más amables críticos.

Tengo maravillosos editores a uno y otro lado del Atlántico: Jennifer Brehl y Jane Morpeth, y Rosemary Brosnan, que lo han leído desde el primer borrador y me han ido sugiriendo cambios y correcciones. Jane y Jennifer han reaccionado maravillosamente bien ante la llegada de un libro que ninguno de nosotros esperaba, ni siquiera yo.

Quisiera expresar también mi agradecimiento al comité organizador de las Zena Sutherland Lectures, celebradas en la Librería Pública de Chicago: la conferencia Zena Sutherland que di en 2012 fue sobre todo, según lo veo ahora, una conversación conmigo mismo sobre este libro mientras lo estaba escribiendo, para tratar de comprender qué era lo que estaba escribiendo y a quién estaba destinado.

Merrilee Hefetz es mi agente literaria desde hace veinticinco años. Su apoyo durante la escritura de este libro, como el que me ha brindado siempre a lo largo de un cuarto de siglo, ha sido inestimable. Jon Levin, mi agente para las películas y demás, es un magnífico lector y hace una estupenda imitación de Ringo Starr.

Los amigos de Twitter fueron de mucha ayuda

cuando quise comprobar cuánto costaban los caramelos de regaliz y de *tutti frutti* en los años sesenta. Sin ellos podría haber escrito este libro dos veces más rápido.

Y por último, quisiera darle las gracias a la familia Hempstock, que, de un modo u otro, siempre ha estado a mi lado cuando me ha hecho falta.

NEIL GAIMAN,
isla de Skye, julio 2012.

ESTE LIBRO UTILIZA EL TIPO ALDUS, QUE TOMA SU NOMBRE
DEL VANGUARDISTA IMPRESOR DEL RENACIMIENTO
ITALIANO ALDUS MANUTIUS. HERMANN ZAPF
DISEÑÓ EL TIPO ALDUS PARA LA IMPRENTA
STEMPEL EN 1954, COMO UNA RÉPLICA
MÁS LIGERA Y ELEGANTE DEL
POPULAR TIPO
PALATINO

***
**
*

EL OCÉANO AL FINAL DEL CAMINO SE ACABÓ DE IMPRIMIR
EN UN DÍA DE OTOÑO DE 2013,
EN LOS TALLERES GRÁFICOS DE RODESA
VILLATUERTA (NAVARRA)

***
**
*